Familie
Hansen
Familie
Nazemi
Anette
Kling
Der alte
Mattes
Nasrin
Torben
Samir
Sven

Rüdiger Bertram

Unsere kleine Insel

© Claudio DiLucia

Rüdiger Bertram, 1967 geboren, arbeitete nach dem Studium als freier Journalist und Schriftsteller. Für »Unsere kleine Insel« ist er extra auf eine Hallig gereist, um zu sehen, wie die Kinder dort leben.

Karin Lindermann studierte Illustration in Münster. Nach viel zu vielen Umzügen arbeitet die Lehrerin und freie Illustratorin nun im Münsterland.

Rüdiger Bertram

Unsere kleine Insel

Illustriert von
Karin Lindermann

dtv

MIX
Papier aus verantwortungsvollen Quellen
FSC® C002795

Originalausgabe
2. Auflage 2021
2020 dtv Verlagsgesellschaft mbH & Co. KG, München

Rüdiger Bertram wird vertreten von Agentur Brauer
(zuständige Agentin: Ulrike Schuldes)
Umschlagbild: Karin Lindermann
Gesetzt aus der Sabon
Satz: Simone Horlacher/dtv
Druck und Bindung: Livonia Print, Riga
Printed in Latvia · ISBN 978-3-423-76281-6

Für alle,
die das Meer lieben.
Also für alle.

1.
Streit ist doof

Lisa und ich hatten uns gestritten. Deswegen hockten wir auf der Bank vor Omas Haus und schmollten. Lisa saß auf der einen und ich auf der anderen Seite. Wir saßen so weit auseinander, dass wir uns auf gar keinen Fall berühren konnten. Nicht mal zufällig.

So eine Art von Streit war das nämlich.

Schon seit einer Stunde hatten wir kein Wort gesprochen. Wir hatten uns noch nicht mal angesehen, sondern lieber den Kühen auf der Weide beim Grasen zugeschaut. Obwohl das total langweilig ist. Ich glaube, es gibt nichts Langweiligeres, als Kühen beim Grasen zuzuschauen. Da ist es spannender, die Schaumkronen auf den Wellen zu beobachten. Aber heute gab es keine Schaumkronen. Es war der erste richtig schöne Frühlingstag und das große graue Meer lag so still vor uns wie ein Schulhof in den Sommerferien. Deswegen starrten wir weiter auf die Kühe. Nur um uns bloß nicht gegenseitig angucken zu müssen.

Taten wir natürlich trotzdem.

Aber immer nur dann, wenn wir ganz sicher waren, dass die andere nicht auch gerade guckte.

Seit Lisa und ich Freundinnen sind, hatten wir noch nie so lange nicht miteinander gesprochen. Außer nachts natürlich, da schlafen wir ja. Aber manchmal träumen wir sogar voneinander. Das erzählen wir uns dann gleich am nächsten Morgen, wenn wir zusammen mit dem Fahrrad zur Schule fahren.

Es ist ziemlich blöd, nicht miteinander zu reden, wenn man nur eine einzige Freundin hat und auf einem winzigen Fleckchen Land mitten in der Nordsee lebt. Hier bei uns auf der Hallig wohnen nämlich nur knapp fünfzig Menschen. Kinder gibt es nur neun und Mädchen in meinem Alter überhaupt nur ein einziges: Lisa.

Lisa schien das Gleiche zu denken. Ich spürte, wie sie fast unmerklich und wirklich auch nur immer ein paar winzige Zentimeter auf mich zurückte. Und weil sie das tat, machte ich das auch. Und so ging das immer weiter, immer nur ein klitzekleines Stückchen, bis wir mit den Schultern aneinanderstießen und beide laut loslachen mussten. Es lohnt sich eben einfach nicht, sauer aufeinander zu sein, wenn man sonst niemanden hat, mit dem man Quatsch machen kann. Wir beide kriegten uns gar nicht mehr ein vor Lachen. Einfach weil wir so froh waren, dass wir uns wieder versöhnt hatten.

»Lisa! Nele! Was gibt es denn so blöd zu kichern?« Sven und Samir hielten mit ihren Rädern unten auf der Straße.

»Geht euch gar nichts an!«, habe ich geschrien und Lisa hat gebrüllt: »Ihr Fischköppe!«

Die Jungs störte das nicht. Die lachten nur, weil sie sich ja selber auch immer *Fischköppe* nennen.

»Fahrt ihr mit zum Anleger?«, hat Samir gefragt und Sven hat gerufen: »Gleich kommen die Touristen.«

Im Winter hatte es nur wenige Besucher gegeben. Aber jetzt im Frühling wurden die Fähren voller. Da lohnte es sich endlich wieder, zum Anleger zu fahren und sich die Leute anzugucken. Das ist viel spannender, als den Kühen beim Grasen oder den Wellen beim Schaukeln zuzuschauen.

Lisa sah mich fragend an, und als ich nickte, nickte sie auch.

»Aber nicht so lange«, habe ich zu Lisa gesagt. »Emma erwartet ihr Lämmchen und das will ich auf keinen Fall verpassen.«

»Meinst du, ich? Aber deine Mutter sagt uns bestimmt Bescheid, wenn es losgeht«, hat Lisa geantwortet. »Da schaffen wir es locker mit dem Rad zu dir nach Hause.«

Emma ist ein Schaf. Aber sie ist kein gewöhnliches Schaf, sondern ein Babydoll-Schaf. Babydolls sind die süßesten Tiere, die es gibt. Sie sind etwas kleiner als normale Schafe und haben ein so niedliches Gesicht, dass man sie ständig in den Arm nehmen möchte. Meine Mutter züchtet Babydolls, und wenn die Lämmer groß sind, verkauft sie die an Leute, die sich in ihrem Garten den Rasenmäher sparen möchten. Von allen Schafen in Mamas kleiner Herde ist Emma mein Lieblingsschaf. Warum ausgerechnet Emma? Das erzähle ich später mal. Vielleicht. Das ist nämlich ein bisschen peinlich. Also, vor allem mir ist das peinlich.

2.
Eine Hallig ist keine Insel

Ich wollte auf keinen Fall verpassen, wenn Emma ihr Lämmchen kriegte. Aber kurz zur Fähre, das konnte ich schon mal machen. Unsere Hallig ist ja nicht so groß, da ist man schnell wieder zurück. Da ist man eigentlich mit dem Rad schnell überall, egal wo man hinwill.

»Wartet auf uns, ihr Fischköppe! Wir kommen mit«, habe ich Sven und Samir zugerufen.

Genau wie Lisa und ich beste Freundinnen sind, sind die beiden beste Freunde. Das liegt aber nicht daran, dass wir bei so wenigen Kindern keine andere Wahl gehabt hätten, sondern daran, dass wir uns wirklich supergut verstehen. Also ich mich mit Lisa und Sven sich mit Samir und umgekehrt natürlich auch.

Lisa und ich rannten über den Rasen den kleinen Hügel hinunter, auf dem Omas Haus steht. Unsere Räder lagen unten im Gras und natürlich warteten die Jungs nicht auf uns. Die waren schon losgedüst, weil sie pünktlich am Anleger sein wollten. Man konnte die Fähre nämlich am Horizont schon erkennen, auch wenn sie nur ein kleiner schwarzer Punkt draußen auf dem Meer war.

»Das ist die Nachmittagsfähre aus Amrum. Das dauert noch, bis die am Anleger ankommt«, hat Lisa gesagt.

Lisa lebt mit ihrer Familie schon viel länger auf der Hallig als ich und deswegen kennt sie sich mit solchen Sachen besser aus. Das war auch der Grund, warum wir uns gestritten hatten. Ich hatte versehentlich Insel statt Hallig gesagt. Da hatte Lisa gerufen: »Nele, wie oft soll ich dir das denn noch erklären?! Das ist hier keine Insel, das ist eine Hallig!«

Und das hatte sie in so einem blöden, angeberischen Ton gesagt, dass ich mich darüber geärgert und gesagt hatte: »Mir doch egal, du doofes Landei. Für mich ist das trotzdem eine Insel.«

Manchmal nenne ich die Hallig einfach Insel, nur um Lisa ein bisschen zu ärgern. Da wird sie immer furchtbar wütend. Diesmal auch und dann hatten wir nicht miteinander geredet, eine ganze Stunde lang.

»Ist Amrum auch eine Hallig?«, wollte ich von Lisa wissen.

Lisa hat mich angeschaut, als hätte ich etwas wirklich Dummes gefragt.

»Natürlich nicht«, hat sie geantwortet. »Amrum ist doch keine Hallig, das ist eine Insel. Weiß doch jeder.«

Das hat sie wieder in so einem hochnäsigen Ton gesagt und da hätte ich sie fast wieder Landei genannt. Ich habe es dann aber doch nicht getan. Wir hatten uns ja gerade erst gestritten und einmal am Tag ist genug, finde ich.

Dabei ist es eigentlich ganz einfach: Der Unterschied zwischen einer Hallig und einer Insel ist, dass eine Hallig vom Meer überflutet werden kann und eine Insel eben nicht. Wenn das passiert, nennt man das *Land unter* und dann gucken auf der Hallig nur noch die Häuser auf ihren Hügeln aus dem Wasser raus. Das sieht dann aus, als wären die Häuser Schiffe, die über die Nordsee fahren. Einen Tag später ist das Meer wieder weg und alles ist genauso wie vorher, nur ein bisschen nasser. Seit wir vor einem Jahr hierhergezogen sind, habe ich das schon ein paarmal erlebt. Ich fand das immer ziemlich gruselig, weil das Wasser dann direkt vor der Haustür steht und man nicht weiß, ob es noch höher steigt. Ist es zum Glück nicht, und die Leute, die schon länger hier wohnen, wissen das auch. Ihre Groß- und Urgroßeltern haben ihre Häuser ja nicht umsonst auf so kleine Hügel gebaut, damit das Meer nicht ins Wohnzimmer reinläuft.

Diese Hügel nennt man Warften und auf jedem stehen drei oder vier Häuser. Um von einer Warft zur anderen zu kommen, muss man ein paar Minuten Fahrrad fahren, weil die so weit auseinanderliegen. Das mit dem Rad geht natürlich nicht, wenn mal wieder *Land unter* ist. Dann müsste man schon ein Boot nehmen, um sich besuchen zu können. Aber dazu ist es an solchen Tagen viel zu stürmisch.

Zum Glück funktioniert bei *Land unter* das Telefon. Da konnte ich Lisa anrufen. Und die hat mich beruhigt, weil sie so Überschwemmungen ja schon ganz oft erlebt hat. Danach konnte ich endlich schlafen, und als ich am nächsten Morgen aufgewacht bin, war das Wasser schon fast wieder weg. Nur auf den Wiesen standen noch ein paar große Pfützen. Die sahen fast so aus wie kleine Schwimmbecken.

3.
Mamas Heimweh

Als ich vor knapp einem Jahr auf die Hallig kam, habe ich den Unterschied zwischen Hallig und Insel auch nicht gekannt. Aber immer, wenn ich damals in meiner neuen Klasse gesagt habe: »Ich hasse diese blöde Insel!«, haben alle anderen Kinder gebrüllt: »Das ist keine Insel, das ist eine Hallig! Und die ist auch nicht blöd, die ist toll.«

Zum Glück sind in meiner Klasse nicht so viele Kinder, da war das Brüllen nicht so laut. Ich sagte ja schon, dass auf unserer Hallig nicht so viele Menschen leben. Da ist es auch kein Wunder, dass meine neue Schule so klein ist. Da gehen überhaupt nur sechs Kinder hin: mein kleiner Bruder Ole, meine beste Freundin Lisa, Samir und dann sind da noch Sven und sein großer Bruder Torben. Ole ist sieben, Lisa ist neun, genau wie Sven, Torben ist zwölf und Samir ist acht, so wie ich. Der Kindergarten liegt direkt nebenan. Aber den besuchen nur Lisas Bruder Tome und Samirs Schwester Nasrin, weil die ja noch Zwerge und viel zu klein für die Schule sind.

Die älteren Kinder, die auf das Gymnasium gehen, leben in einem Internat auf dem Festland. Die sind nur am Wochenende auf der Hallig. So wie meine Schwester Anna. Ich finde das gar nicht so schlecht. Klar, ich mag meine Schwester, aber wir streiten auch viel. So wie alle Schwestern vermutlich. Aber wenn wir uns nur am Wochenende sehen, freuen wir uns aufeinander und streiten dann viel weniger, als wenn wir uns ständig sehen würden. Anna findet das mit dem Internat auch gut, der ist es auf unserer Hallig viel zu öde. Sie fand das damals schon doof, als Mama und Papa uns vor einem Jahr gesagt haben, dass wir hierherziehen.

Ich kann mich noch erinnern, wie Mama und Papa uns nach den letzten Osterferien am Abendbrottisch gesagt haben, dass sie etwas Wichtiges mit uns besprechen müssen. Dabei stimmte das mit dem Besprechen gar nicht. Besprechen hätte ja bedeutet, dass wir das hätten mitentscheiden können. Dabei hatten meine Eltern den Umzug von Köln auf die Hallig längst beschlossen. Die hatten sogar schon unsere Wohnung gekündigt, den Umzugswagen bestellt und auch alles andere vorbereitet, damit Mama wieder nach Hause zurückkehren konnte.

Mama ist nämlich hier auf der Hallig geboren worden und hat sie erst verlassen, als sie mit ihrem Studium angefangen hat. Damals wollte sie unbedingt weg, hat sie erzählt, weil ihr auf der Hallig alles viel zu eng und zu klein war. Aber dann hatte sie ganz lange ganz schreckliches Heimweh und wollte unbedingt wieder zurück. Und weil Papa nicht ertragen konnte, dass es Mama schlecht ging, hat er vorgeschlagen, dass wir alle zusammen auf die Hallig ziehen.

»Nur über meine Leiche!«, hat Anna gebrüllt. »Da gibt es bestimmt nicht mal Internet.«

Anna hat die Türen geknallt, ist in ihrem Zimmer verschwunden und hat die Musik laut aufgedreht. Mama wollte hinterher, aber Papa hat gesagt: »Lass sie ein Weilchen in Ruhe, sie wird sich schon noch an den Gedanken gewöhnen.«

Ich war auch nicht begeistert, aber ich habe nicht gebrüllt und auch keine Türen geknallt, sondern mich still in mein Zimmer verzogen und in meinen Freundschaftsbüchern geblättert. Also in denen von damals. Jetzt habe ich neben den alten auch noch ein neues. In dem neuen haben sich alle meine Mitschüler aus der Hallig-Schule eingetragen. Trotzdem hat das Buch noch ganz viele leere Seiten, weil wir in unserer Klasse ja nur so wenige Kinder sind. Da habe ich auch die Erwachsenen auf der Hallig gefragt, ob sie etwas Nettes in mein Buch schreiben. Das haben die dann auch gemacht. Alle bis auf den alten Mattes.

Der Einzige, der sich damals schon über den Umzug gefreut hat, war Ole. Mein kleiner Bruder war glücklich, weil auf der Hallig ja auch Oma und Opa leben. Mamas Eltern haben fast ihr ganzes Leben auf der Hallig verbracht. Immer auf derselben Warft, auf der wir jetzt auch wohnen, direkt in dem Haus neben uns. Oma und Opa haben da eine Pension, in der sie ein paar Zimmer an Touristen vermieten, und ein kleines Café, wo man Waffeln mit Sahne und heißen Himbeeren essen und Tee mit Kandiszucker und Milch trinken kann.

4.
Winkende Seehunde

Auf Oma und Opa, die Waffeln, die Sahne und die Himbeeren habe ich mich damals bei unserem Umzug auch gefreut. Klar. Aber so richtig verflogen ist meine Wut erst, als Mama und Papa uns erzählt haben, dass sie auf der Hallig Babydoll-Schafe züchten wollen. Sie haben uns im Internet Bilder von den Schafen gezeigt und da habe ich mich sofort in die süßen Babydolls verliebt. Und Mama hat ganz viel erzählt, wie das so war auf der Hallig, als sie noch ein Kind war. Vor allem hat sie von dem Frühlingsfest geschwärmt, bei dem alle Hallig-Bewohner zusammen das Ende des Winters feiern. Dazu hat sie uns alte Fotos gezeigt, auf denen sie noch ein Kind war und zusammen mit anderen Kindern über ein Feuer gesprungen ist.

Anna fand den Umzug auf die Hallig immer noch doof, ich war nicht mehr ganz so sehr dagegen und Ole war einfach nur total begeistert. Ole liebt Tiere und in Köln trifft man höchstens mal ein paar angeleinte Hunde und ab und zu mal ein wildes Kaninchen im Park.

Mama und Papa haben ihm erzählt, dass es auf der Hallig völlig anders ist. Da gibt es mehr Tiere als Menschen. Auf den Wiesen grasen ganz viele Kühe, die mit der Fähre auf die Hallig gebracht werden. Genau wie die Touristen, nur dass die Kühe den ganzen Sommer über bleiben dürfen und die meisten Touristen am Nachmittag wieder nach Hause fahren müssen. Außerdem gibt es Pferde, Hunde, Katzen und natürlich Vögel. Tausende von Vögeln. Und mit etwas Glück kann man auf den Sandbänken in der Nordsee sogar Seehunde beobachten, hat Mama versprochen.

Und das war nicht gelogen, das stimmte. Die ersten habe ich sogar schon gesehen, als wir mit der Fähre auf die Hallig gefahren sind. Ich hatte ein bisschen Angst, dass unser großer Umzugswagen nicht auf das Schiff passen würde und ich mein Bett und meine Bücher auf dem Festland zurücklassen müsste. Aber zum Glück ist alles gut gegangen.

Die Überfahrt dauert eineinhalb Stunden, und als wir etwa die halbe Strecke hinter uns hatten, hat Mama gerufen: »Guckt mal, da vorne!«

Und da habe ich die Seehunde auch gesehen. Es waren große und kleine. Die lagen auf einer Sandbank faul in der Sonne. Die großen haben sich überhaupt nicht um uns gekümmert, aber die kleinen haben neugierig den Kopf in unsere Richtung gedreht. Ich habe ihnen gewinkt und da haben sie mit ihren Flossen zurückgewinkt. Zumindest sah es so aus, als ob sie winken würden. Vielleicht haben sie mit ihren Flossen aber auch nur eine Fliege verscheucht. Ole hat vor Freude laut aufgeschrien und Mama hat Papa fest in den Arm genommen. Weil sie so froh war, wieder nach Hause zu kommen. Nur Anna hat die Seehunde nicht gesehen. Die hat die ganze Überfahrt unter Deck gehockt und einen heißen Kakao nach dem anderen getrunken.

Am Fähranleger haben Oma und Opa schon auf uns gewartet. Die haben genauso gestrahlt wie die Seehundbabys auf der Sandbank. Als wir von der Fähre an Land gingen, ist Ole Oma und Opa sofort in die Arme gestürzt. Anna hat kein einziges Wort gesagt und auch ihre Kopfhörer nicht abgenommen. Dafür hat sie mit ihrem Handy Nachrichten an ihre Freunde geschickt, wie schrecklich es hier ist. Es gab nämlich doch Internet und sogar ein ziemlich gutes.

Ich fand die Hallig nicht so schrecklich wie Anna, war aber auch nicht so begeistert wie Ole. Ich vermisste meine Freunde in Köln und außerdem hatte Papa uns auf der Überfahrt ein Geheimnis verraten. Weil das Geld aus der Schafszucht am Anfang nicht reichen würde, hatte er sich auf die freie Stelle als Lehrer an der Halligschule beworben. Das war schon schlimm. Noch schlimmer aber war, dass er die Stelle auch bekommen hat. Papa fand das super, weil er Ole und mich den ganzen Tag sehen würde und er sowieso keine Lust mehr auf die großen Klassen auf dem Festland hatte.

Da wäre ich am liebsten gleich wieder mit dem Schiff zurückgefahren. Denn das ist ja wohl das Peinlichste, was man sich vorstellen kann, wenn der eigene Vater vorne in der Klasse steht.

Ole fand das überhaupt nicht schlimm und Anna auch nicht. Klar, die würde ja sowieso aufs Internat gehen. Die hatte gut reden.

5.

Klar, wollen wir!

Es ist ja fast ein Jahr her, dass wir auf die Hallig gezogen sind. Und jetzt finde ich das gar nicht mehr so schlimm hier, eigentlich sogar ganz gut. Auch weil ich Lisa kennengelernt habe und wir so tolle Freundinnen geworden sind.

Als Lisa und ich mit unseren Rädern am Hafen ankamen, war die Fähre nur noch etwa hundert Meter vom Anleger entfernt. Sven und Samir waren auch schon da. Sie saßen auf dem Rasen und schauten dem alten Mattes zu. Der alte Mattes ist dafür verantwortlich, dass beim An- und Ablegen der Fähre alles reibungslos abläuft und keiner der Touristen ins Wasser fällt.

Außerdem standen am Anleger noch mein Opa, der mit dem Wagen auf Feriengäste wartete, und Svens Vater mit der Kutsche und seinen Pferden. Das sind so ganz große und ganz brave Tiere, und wenn sie nicht gerade die Kutsche mit den Touristen über die Hallig ziehen müssen, dürfen Lisa und ich manchmal auf ihnen reiten. Opa und Svens Vater unterhielten sich über das Frühlingsfest, das am Wochenende stattfinden sollte. Davon hatte Mama ja auch geschwärmt und ich war schon ganz gespannt darauf. Als wir letztes Jahr auf die Hallig kamen, hatten wir das ganz knapp verpasst.

»Wollt ihr beiden Mädels die Hallig-Fahne für unser Fest malen?«, hat Svens Vater gefragt.

Lisa und ich haben uns angeguckt und gestrahlt, weil wir die Idee auch total klasse fanden.

»Supergerne!«, haben wir beide gerufen.

»Gut, aber strengt euch an«, hat uns Svens Vater ermahnt. »Da kommen ja nicht nur Leute von der Hallig, sondern auch Touristen. Die muss tiptopp aussehen.«

»Das schaffen die zwei schon«, hat Opa gesagt. »Habe ich euch eigentlich schon erzählt, dass ich früher auch mal die Fahne fürs Frühlingsfest ge-

malt habe? Die war so riesig, dass man die sogar vom Festland aus sehen konnte. Die haben gleich hundert Rettungsboote geschickt, weil die dachten, wir winken um Hilfe.«

Svens Vater lachte und wir auch, weil mein Opa immer so einen Quatsch erzählt. Svens Vater und Opa haben dann weiter über langweiliges Erwachsenenzeugs gequatscht.

»Wir machen die schönste Fahne, die die Insel je gesehen hat«, habe ich zu Lisa gesagt.

»Das heißt Hallig, nicht Insel«, hat Lisa geschimpft.

»Weiß ich doch«, habe ich erwidert. »Ich wollte dich nur ärgern, aber die schönste Fahne aller Zeiten malen wir trotzdem.«

»Und ob wir das tun«, hat Lisa gesagt.

Mein Bruder Ole saß mit Samirs kleiner Schwester Nasrin auf einer Wolldecke neben der Straße, die vom Anleger auf die Hallig führt. Vor sich hatten die beiden Muschelschalen ausgebreitet und auf einem Zettel stand: »Jede nur zwei Euro«.

»Was machst du da?«, habe ich Ole gefragt.

»Geht dich gar nichts an«, hat mein Bruder geantwortet.

»Wir verkaufen Muscheln, siehst du doch«, hat Nasrin gesagt.

»War das eure Idee?«, wollte Lisa wissen.

»Logo«, hat Ole geantwortet.

Aber das glaubte ich ihm nicht. Mein Bruder und Nasrin können ja noch gar nicht schreiben, also musste jemand anderes das Schild für sie gemacht haben.

»Moin.« Torben, Svens großer Bruder, stand plötzlich neben uns. »Probleme?«

Torben spricht nicht viel, aber das ist bei den Menschen auf der Hallig ganz normal.

»Die Leute hier sind eher die schweigsamen, die reden nicht viel, vor allem nicht mit Fremden«, hat mein Vater mal gesagt. Mama hat gesagt, das wären doch alles nur dumme Vorurteile. Aber bei Torben stimmt das wirklich und wahrscheinlich ist das auch der Grund, warum Torben immer noch in die Hallig-Schule geht, obwohl er schon zwölf ist. Eigentlich sagt er fast immer nur »Moin«. So begrüßt man sich hier auf der Hallig, und da ist es ganz egal, ob es morgens, mittags oder abends ist. Immer nur »Moin«. Niemals »Guten Morgen«, »Guten Mittag« oder »Guten Abend«. Papa, Anna, Ole und ich fanden das anfangs ziemlich komisch. Mama fand das nicht komisch. Die kannte das ja schon, die ist ja hier aufgewachsen.

In der Schule sagt Torben auch nicht viel. Lisa und ich haben den Verdacht, dass er so wenig spricht, damit er bei uns bleiben kann. Wenn er auf alle Fragen meines Vaters eine Antwort geben würde, müsste er aufs Festland ins Internat gehen und seine geliebte Hallig verlassen.

»Wozu brauch ich Abitur? Ich will doch später sowieso die Touristen mit der Kutsche rumfahren«, hat Torben mal gesagt und das war der längste Satz, den ich jemals von ihm gehört habe.

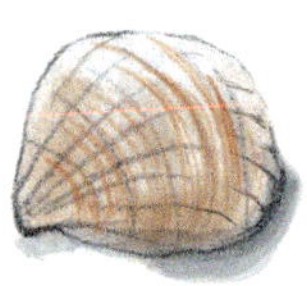

6.
Muschelgeschäfte

Torben, Lisa und ich standen immer noch vor der Decke mit den Muscheln, die mein kleiner Bruder mit Nasrin an die Touristen verkaufen wollte.

»Wir fragen uns, wer das Schild geschrieben hat«, habe ich zu Torben gesagt.

»Ich! Ich war das!«, hat mein Bruder gerufen.

»Nee, das war Torben«, hat Nasrin gesagt, und als wir Torben angeschaut haben, hat der genickt.

»Stimmt gar nicht! Ich hab's geschrieben«, beharrte mein Bruder, aber Nasrin hat gleich weitergeplappert. »Torben hat gesagt, wir verkaufen mehr Muscheln an die Touristen, weil wir kleiner sind und süßer aussehen als er. Vor allem die alten Omas kaufen dann mehr und wir kriegen für jede Muschel zehn Cent, den Rest kriegt Torben. Aber wenn wir zehn Muscheln verkaufen, können wir uns bei deinem Vater was Süßes davon kaufen. Ist doch toll, oder?«

Mit »dein Vater« war natürlich Lisas Vater gemeint, weil ihr Vater den einzigen Laden auf der Hallig betreibt.

»Stimmt das?«, habe ich Torben gefragt und da hat der wieder nur genickt.

Ich wollte gerade sagen, dass ich das total gemein fand. Weil er meinen Bruder und Nasrin für sich arbeiten lässt und die beiden nicht mal anständig dafür bezahlt. Aber da ertönte schon das laute Knirschen, das immer ertönt, wenn die Fähre anlegt.

Mattes ließ die Landungsbrücke runter, über die die Wagen und die Fußgänger an Land können. Zuerst fuhren die Autos von der Fähre. Das meiste waren Lieferwagen mit der Post, Sachen für den Laden von Lisas Eltern und Material für die Arbeiter, die sich wie Samirs Vater um den Erhalt der Hallig kümmern. Danach kamen die Touristen und die hatten es alle furchtbar eilig. Manche waren ganz grün im Gesicht. Die hatten wohl die Überfahrt nicht so gut vertragen. Ich bin auf der Fähre auch schon mal seekrank geworden, aber da hatte es richtig hohe Wellen gegeben und das Schiff hatte schrecklich hin- und hergeschaukelt. Nicht so wie heute, wo das Meer ganz ruhig und flach war.

Ich glaube, die seekranken Leute hatten es so eilig, weil es einem ja sofort wieder gut geht, sobald man festen Boden unter den Füßen hat. Und die anderen hatten es eilig, weil sie für den Besuch hier bei uns auf der Hallig nur ein paar Stunden Zeit haben. Dann fährt die Fähre ja schon wieder zurück. Wenn die Leute ankommen, wissen die ja noch nicht, wie klein unsere Hallig ist. Da sind ein paar Stunden genug, um sich alles anzugucken. Mehr als genug sogar.

Die Touristen guckten sich die Hallig an und wir guckten uns die Touristen an. Die ersten, die an Oles und Nasrins Decke stehen blieben, waren ein älteres Ehepaar. Sie trugen beide genau die gleichen roten Jacken. Das sah komisch aus, aber das sagte ich ihnen nicht, weil Oma gesagt hat, man muss freundlich zu den Touristen sein.

»Da habt ihr aber schöne Muscheln«, hat der Mann gelobt.

»Was sollen die denn kosten?«, hat die Frau gefragt.

»Steht doch da«, hat mein Bruder geantwortet und auf das Schild gezeigt. Wahrscheinlich hatte er schon vergessen, welchen Preis Torben ihm genannt hatte, und lesen kann er ja noch nicht so gut. Aber Ole konnte Torben nicht mehr fragen. Der war nämlich schon wieder weg, weil er seinem Vater mit der Kutsche helfen wollte.

»Ich gebe dir zwanzig Cent für zwei«, hat die Frau gesagt und ihr Portemonnaie aus der Tasche geholt. »Da macht ihr ein tolles Geschäft.«

Ole freute sich riesig und auch Nasrin strahlte, aber ich fand das doof, dass die Frau die Kleinen über den Tisch ziehen wollte.

»Das ist viel zu wenig, das sind nämlich ganz seltene Muscheln«, habe ich einfach behauptet und Lisa hat gesagt. »Nach denen muss man hier am Strand stundenlang suchen, da sind zwei Euro fast geschenkt.«

Das stimmte aber gar nicht. Die Muscheln liegen zu Tausenden hier am Strand herum, aber das wussten die beiden in ihren doppelten roten Jacken ja nicht.

»Zwei Euro ist aber viel Geld für eine Muschel, ich gebe euch fünfzig Cent«, hat die Frau gesagt. Dabei hat sie ihre Lippen ganz schmal zusammengekniffen.

Ihr Mann stand daneben. Ich konnte sehen, wie unangenehm es ihm war, dass seine Frau mit kleinen Kindern um ein paar Münzen feilschte.

»Ihr habt es aber hübsch auf eurer schönen Insel«, hat er gesagt und wahrscheinlich meinte er das einfach nur nett. Trotzdem hätte er das besser nicht gesagt, denn Lisa fing sofort an zu schimpfen: »Das ist keine Insel, das ist eine Hallig!«

7.
Der Pferdebus

Lisa konnte sich gar nicht mehr beruhigen, weil der Mann »schöne Insel« statt »schöne Hallig« gesagt hatte. Sven und Samir hatten das auch gehört.

»Das weiß doch jeder, dass unsere Hallig keine Insel, sondern eine Hallig ist«, hat Sven gerufen und Samir hat gefragt: »Oder können Sie nicht lesen?«

Dazu hat er auf das große Schild am Anleger gezeigt, auf dem »Herzlich willkommen auf unserer Hallig« steht.

Dabei war das ja gar keine herzliche Begrüßung von Lisa, Sven und Samir. Das fand der alte Mattes auch. Der kam gleich angehumpelt und hat uns verscheucht. Ohne ein Wort zu sagen. Brauchte er auch gar nicht. Wir haben nämlich alle ein bisschen Angst vor ihm. Opa hat mal erzählt, dass der alte Mattes als junger Mann mit einem riesigen Wal gekämpft hat und dabei fast sein Bein verloren hätte. Ich weiß nicht, ob das stimmt, weil mein Opa gerne ein bisschen flunkert. In der Nordsee gibt es auch gar keine großen Wale. Nur manchmal sieht man so kleine Schweinswale. Aber da ist Lütte, Lisas Hund, sogar größer als die. Andererseits ist der alte Mattes ja auch schon ziemlich alt, und vielleicht gab es hier tatsächlich so große Wale, als er noch jung war. Aber Oma hat gesagt, das mit dem Wal ist Quatsch und der alte Mattes humpelt nur, weil sein eines Bein kürzer als das andere ist.

Trotzdem wollten wir keinen Ärger mit einem, der vielleicht doch mal mit einem riesigen Wal gekämpft hat. Deswegen schnappten Sven, Samir, Lisa und ich uns unsere Räder und verschwanden lieber. Ole und Nasrin packten auch schnell ihre Decke und ihre Muscheln zusammen, ohne auch nur eine davon verkauft zu haben. Die beiden durften bei Opa im Auto mitfahren. Zusammen mit dem Pärchen mit den roten Jacken. Das waren nämlich die neuen Gäste in Omas Pension. Ole sah gar nicht glücklich aus, dass er mit denen zusammen fahren musste, und die Frau in der roten Jacke auch nicht. Bevor sie los sind, habe ich Opa noch schnell gefragt, ob er was Neues von Emma und ihrem Lämmchen gehört hat.

»Das ist doch schon geschlüpft, vor einer Stunde etwa«, hat Opa geantwortet.

Da bin ich ganz erschrocken, weil ich die Geburt verpasst hatte. Aber dann hat Opa gegrinst und gesagt: »Emma hat ein richtig süßes Seehundbaby bekommen.«

Da wusste ich, dass Opa nur wieder Unsinn erzählt hat, und da war ich ganz erleichtert.

Die Touristen, die nur für ein paar Stunden da waren, sind dann zu der Kutsche, um sich von Torben und Svens Vater zuerst einmal um die Hallig fahren zu lassen und danach in Omas Café Kaffee trinken zu gehen. Wir sind mit unseren Rädern ein bisschen hinter der Kutsche hergefahren, Sven, Samir, Lisa und ich. Die Jungs haben die Kutsche immer wieder überholt und sich dann wieder zurückfallen lassen. Das mit dem Überholen war nicht so schwer, das hätten Lisa und ich auch locker geschafft, weil die Pferde nur ganz langsam laufen. Die dürfen nicht mal traben, sonst wäre die Hallig-Rundfahrt viel zu schnell vorbei und dann hätte Oma für die Touristen den Kaffee und die Waffeln noch gar nicht fertig. Obwohl sie das gar nicht alleine macht, sondern Samirs Mutter ihr im Café hilft.

Auf so eine Halligkutsche passen nicht nur zwei oder vier Leute drauf, sondern ganz, ganz viele, mindestens aber dreißig. Die Kutsche sieht eher aus wie ein Bus und deswegen heißt sie auch

Pferdebus. Und das ist auch der Grund, warum Familie Hansen nur so Riesenpferde hat. Ponys könnten die riesige Kutsche gar nicht ziehen, da müssten die Fahrgäste ja schieben.

Von unseren Rädern aus haben wir den Touristen gewinkt und die haben zurückgewinkt. Dafür mussten wir einhändig radeln, aber das war kein Problem für uns. Lisa und ich können sogar ganz ohne Hände am Lenker fahren. Das haben wir uns selber beigebracht und das war gar nicht so schwer, weil die Straßen auf der Hallig nicht so viele Kurven haben und meistens auch leer sind. Da kommt nur ganz selten mal ein Auto oder eine Kutsche vorbei. Deswegen muss man auch nicht ständig auf den Verkehr achten. Nicht so wie früher in Köln. Da hätte ich nie allein auf die Straße gedurft und Ole schon gar nicht. Auf der Hallig ist das kein Problem, weil man sich nicht verlaufen kann. Irgendwann kommt man ans Wasser und dreht wieder um. Außerdem kennen einen hier ja alle und die passen schon auf. Nicht nur auf ihre eigenen Kinder, sondern jeder auf jeden von uns.

8.
Bunte Farben

»Habt ihr schon gehört, ihr Fischköppe? Wir dürfen die Fahne fürs Frühlingsfest malen«, habe ich den Jungs zugerufen. Nur um ein bisschen anzugeben.

»Na und? Dafür dürfen wir das Holz für das große Feuer sammeln«, hat Samir geantwortet.

Da haben Lisa und ich uns angeguckt und gegrinst. Sogar ich wusste, dass das eine total undankbare Aufgabe war. Es gibt ja kaum Bäume auf der Hallig. Um an Holz zu kommen, muss man die Strände nach Strandgut absuchen: angeschwemmte Äste, Bretter und losgerissene Schiffsplanken. All so ein Zeug. Oder man muss bei Lisas Vater im Laden nach alten Holzkisten fragen, in denen die Orangen oder Mandarinen geliefert werden. Auf jeden Fall würde das für die zwei ganz schön anstrengend werden, genügend Holz für das große Feuer zu sammeln. Da hatten wir es auf jeden Fall besser mit unserer Fahne. Und das Beste war, die würde es nach dem Fest ja immer noch geben. Das ganze Holz aber, das Sven und Samir so mühevoll gesammelt hatten, war danach nur noch Asche.

An der nächsten Kreuzung haben wir ein letztes Mal gewinkt und sind dann abgebogen. Lisa und ich mussten ja noch Farben für die Fahne besorgen und Sven und Samir sich um ihr Holz kümmern. So viel Zeit war ja nicht mehr. Nur noch bis Samstagabend.

Als wir bei dem kleinen Laden von Lisas Vater angekommen sind, haben wir unsere Räder einfach am Straßenrand liegen lassen. Ohne abzuschließen. Schlösser braucht man auf der Hallig nicht. Ist ja niemand da, der die Rädern klauen könnte. Höchstens die Touristen. Aber das würde der alte Mattes am Anleger sofort merken. Der kennt unsere Räder alle und so ein Fahrrad kann man ja schlecht unter seinem Mantel verstecken, um es auf die Fähre zu schmuggeln.

Ich finde das praktisch, dass man sich über solche Sachen keine Sorgen machen muss. Hier auf der Hallig werden nicht mal die Haustüren abgeschlossen. Da kann man überall rein, wenn man wen besuchen möchte. Und wenn keiner da ist, geht man halt wieder oder man setzt sich aufs Sofa und wartet, bis jemand kommt.

Weil die Gartentür auch nicht abgeschlossen ist, brauchten wir nicht durch den Laden zu laufen, sondern konnten hintenrum rein. Vorne im Laden drängelten sich die Touristen, die nicht mit der Kutsche gefahren waren und lieber einkaufen wollten. Ich habe das nie verstanden, warum die Leute auf unsere Hallig kommen, nur um hier sofort in ein Geschäft zu laufen und dort

Sachen zu kaufen, die sie am Festland auch kriegen könnten. Die allermeisten Sachen, die Lisas Vater in seinem Laden verkauft, stammen ja gar nicht von der Hallig, sondern werden wie das meiste andere mit der Fähre hierhergebracht.

Lisas Vater war an der Kasse beschäftigt, der hat uns hinten im Garten gar nicht bemerkt. Nicht so wie Lisas Hund, Lütte. Die hat uns sofort bemerkt. Lütte ist eine Irische Wolfshündin. Das sind die größten Hunde, die es gibt auf der Welt, und da ist es schon ein bisschen komisch, dass sie ausgerechnet Lütte heißt. Hier im Norden Deutschlands bedeutet das ja so viel wie *Kleine* und Lütte ist genau das Gegenteil von klein. Die ist riesig.

Anfangs hatte ich schreckliche Angst vor ihr. Dabei ist Lütte ganz brav und sie liebt es, einem die Vorderpfote auf die Schultern zu legen und mit ihrer langen, rauen Zunge quer über das Gesicht zu lecken. Das kitzelt ein bisschen, aber ich mag das. Die Touristen mögen das nicht. Deswegen darf Lütte auch nicht raus oder in den Laden, sondern muss im Garten bleiben. So lange, bis die Fähre mit den Touristen am Nachmittag wieder Richtung Festland abgefahren ist.

Lütte hat sich ganz doll gefreut, als wir kamen. Sie ist direkt auf uns zu und hat uns abgeschleckt. Lisa hat Lütte schnell noch was zu essen in ihren Napf getan und dann sind wir durch die Terrassentür ins Haus gegangen. Lisas Vater hat da ein Lager, wo die Sachen stehen, die nicht jeden Tag gekauft werden. Farben zum Beispiel.

»Dürfen wir uns die denn einfach so nehmen?«, habe ich gefragt.

»Ist doch nicht für uns, sondern fürs Frühlingsfest«, hat Lisa gesagt und sich ein paar von den Farbdosen geschnappt.

Aber nur die bunten und das fand ich gut. Beim Frühlingsfest feiern wir ja, dass nach dem grauen Winter jetzt endlich wieder überall die Blumen blühen.

Da waren die bunten Farben genau richtig.

9.
Taschenlampen-Telefon

Nach dem Abendessen hat Oma mir ein altes Laken für unsere Fahne gegeben. Aber da war es schon zu spät, um mit dem Malen anzufangen. Außerdem waren die Farben sowieso noch bei Lisa und dunkel wurde es langsam auch schon. Es war ja Frühling und da sind die Tage noch nicht so lang. Draußen sah es nach richtig schlechtem Wetter aus und wahrscheinlich würde es sogar noch schlechter werden. Man muss nur genau auf die Form und die Farben der Wolken achten, dann weiß man, ob am nächsten Tag auf der Hallig die Sonne scheint oder ob es regnet und stürmt.

Das mit den Wolken und dem Wetter hat mir Opa beigebracht. Der wohnt ja schon sein ganzes Leben auf der Hallig und da weiß man so was einfach. Opa behauptet sogar, dass er das Wetter zwei Jahre im Voraus vorhersagen kann.

»Dafür muss ich nur meine Nase in den Wind strecken und den Geruch des Windes einatmen«, hat er mal gesagt, als wir alle zusammen im Garten saßen. Das hat er dann auch getan und anschließend verkündet: »Heute in zwei Jahren wird es ganz sicher regnen.«

Aber das glaubte ich ihm natürlich nicht. Das glaubte ihm niemand. Nicht mal Ole.

Das Wetter für den nächsten Tag vorherzusagen klappt dagegen fast immer und es sah wirklich nach schlechtem Wetter aus. Ich fand das gut, denn wenn es morgen früh so richtig schlimm regnen und stürmen würde, dann könnte die Fähre nicht kommen. Und wenn die Fähre nicht kommt, dann gibt es auf der Hallig keine Touristen. Und wenn es keine Touristen auf der Hallig gibt, fährt die Kutsche nicht. Und wenn die Kutsche nicht fährt, dann müssen die Pferde trotzdem bewegt werden und das dürfen dann meistens Lisa und ich machen.

Bevor ich schlafen ging, hab ich mich mit meiner Taschenlampe ans Fenster gesetzt. Taschenlampen besitzt hier jeder. Es gibt nämlich keine Straßenlaternen und deswegen ist es nachts auf der Hallig stockduster. Bei einem Spaziergang kann man da ganz schnell in einem der vielen Kanäle landen, wenn man keine Lampe dabeihat. Als es noch keine Straßen gab, sind die Leute mit Booten auf den Kanälen gefahren, wenn sie sich besuchen wollten. Deswegen gibt es so viele davon und ich kenne keinen, der da nachts noch nicht ins Wasser gefallen ist. Trotz Taschenlampe.

Anfangs fand ich es ein bisschen unheimlich, dass es hier nachts so finster ist. In Köln war es nie richtig dunkel. Wegen der vielen

Laternen. Da hatte man auch die Sterne gar nicht sehen können. Nicht so wie hier, wo man sie alle sehen kann. Bevor wir auf die Hallig gezogen sind, hatte ich gar nicht gewusst, dass es überhaupt so viele Sterne gibt, und wenn keine Wolken am Himmel sind, geht Papa mit Ole und mir manchmal ans Meer und verrät uns ihre Namen.

In dieser Nacht brauchte ich die Taschenlampe aber nicht für eine Nachtwanderung, sondern um mich vor dem Schlafen noch ein wenig mit Lisa zu unterhalten. Also, nicht richtig unterhalten, sondern so mit Lichtzeichen. Lisa und ich haben uns für unsere Taschenlampen-Gespräche eine Geheimsprache ausgedacht, die nur wir beide verstehen und sonst niemand. Die verrate ich hier natürlich nicht, sonst wäre es ja keine Geheimsprache mehr. Aber je nachdem, wie oft und wie schnell ich die Taschenlampe hintereinander aufleuchten lasse, weiß Lisa genau, was ich ihr sagen will. Lisa wollte wissen, ob Emmas Lämmchen schon da ist. War es aber nicht, das habe ich gesehen, als ich die Taschenlampe auf die Weide gehalten habe. Aber nur ganz kurz, ich wollte Emma und die anderen Schafe ja nicht erschrecken. Dann habe ich noch geblinkt, dass ich ein Bettlaken für unsere Fahne habe, und Lisa hat »Prima« geantwortet.

Plötzlich tauchten andere Lichter auf. Die kamen von Sven und Samir. Die haben ihre eigene Geheimsprache, deswegen verstand ich ihre Nachrichten nicht. Es war mir auch egal, weil ich plötzlich ganz schrecklich müde war. So müde, dass ich es

gerade noch geschafft habe, mich von Lisa zu verabschieden, mir die Zähne zu putzen und den Schlafanzug anzuziehen, Mama und Papa einen Gutenachtkuss zu geben und ins Bett zu fallen. Dann war ich auch schon eingeschlafen. Aber vorher hatte ich Mama noch gebeten, mich unbedingt zu wecken, falls Emma mitten in der Nacht ihr Lämmchen bekommen sollte.

10.
Stürmisches Wetter

Als ich am nächsten Morgen aufgewacht bin, hat es draußen gestürmt und geregnet hat es auch. Ganz doll sogar. Aber weil Frühling war, hatte ich keine Angst davor, dass die Hallig überflutet wurde. Das geschieht immer nur im Herbst oder Winter. Ich zog mich schnell an und rannte runter in die Küche zu Mama, weil ich zwei wichtige Fragen hatte.

»Hat Emma ihr Baby bekommen? Fährt heute die Fähre?«

Mama guckte mich lange an, bevor sie mir antwortete. Einfach, um die Spannung ein bisschen zu steigern.

»Nun sag schon«, habe ich gedrängt.

»Zweimal nein«, hat sie gesagt. »Emma hat noch kein Lämmchen und die Fähre fährt heute auch nicht.«

»Wegen des Sturms?«, habe ich gefragt. »Weil allen Touristen dann furchtbar schlecht wäre, wenn sie hier ankämen?«

»Das auch, aber vor allem weil nicht genug Wasser da ist«, hat Mama erklärt. »Der Wind treibt das Wasser weit auf die Nordsee hinaus, da würde die Fähre im Wattenmeer auf Grund laufen.«

Da habe ich mich gleich doppelt gefreut. Weil ich die Geburt nicht verpasst hatte und weil heute keine Touristen kamen. Ohne die Touristen finde ich unsere Hallig viel schöner. Dann haben wir sie ganz für uns alleine. Oma hat mir schon tausendmal erklärt, dass die Hallig-Bewohner die Gäste brauchen, und das verstehe ich auch. Ohne ihre Gäste würden Oma und Opa kein Geld mit ihrer Pension und ihrem Café verdienen, und Svens Familie mit ihrer Kutsche und Lisas Vater mit seinem Laden auch nicht. Trotzdem mag ich unsere Hallig ohne die vielen fremden Menschen viel lieber. Das finden die anderen auch. Samir hat das am Anleger auch mal laut gesagt. Das haben Touristen gehört und gelacht, weil Samir ja eigentlich aus Afghanistan kommt. Aber der gehört ja mittlerweile zur Hallig. Viel mehr jedenfalls als die Leute, die nur für ein paar Stunden zu uns kommen. Dabei war das für Samir und seine Familie anfangs ganz schwierig, weil ihnen das viele Wasser Angst gemacht hat. Da wo sie herkamen, gab es das ja nicht. Da gibt es nur Berge und Wüsten. Mittlerweile aber sind Samir und Nasrin richtige Halliger und ihre Eltern auch.

Noch mehr als ich freut sich Lütte über die Sturmtage, an denen die Fähre nicht kommt. Dann darf sie den ganzen Tag raus und wir können mit ihr über die Hallig laufen, ohne dass sie irgendwelche Touristen erschreckt. Das einzig Blöde war, dass ich vorher noch zur Schule musste. Die fällt ja leider nicht aus, nur weil Sturm oder zu wenig Wasser im Wattenmeer ist. Als ich in die Küche kam, war Papa mit Ole schon weg. Papa fährt mit dem Auto immer schon ganz früh los, um in unserem Klassenzimmer den Unterricht vorzubereiten, bevor alle Schüler kommen. Und weil Ole zu faul zum Fahrradfahren ist, steht er lieber eine halbe Stunde früher auf, damit Papa ihn mitnimmt. Ich schlafe lieber länger und fahr mit dem Rad. Vor allem, wenn wir Rückenwind haben. So wie heute. Da müssen Lisa und ich gar nicht strampeln, sondern können uns vom Sturm einfach schieben lassen.

Ich frühstückte schnell und zog mir meine dicken Regensachen an. Die Jacke und die Hose sind wasserdicht. Mit denen könnte man bestimmt sogar im Meer schwimmen, ohne nass zu werden. Aber ganz sicher bin ich mir nicht, weil ich es noch nicht ausprobiert habe. Ich wollte mal, aber das hat Mama mir nicht erlaubt. Sie hat mich zurückgerufen, obwohl ich schon bis zu den Knien im Wasser stand. An diesem Morgen hat sie mich auch zurückgerufen. Aber nicht, weil ich ins Meer wollte, sondern weil ich mein Pausenbrot vergessen hatte. Mama packte es unter die Regensachen in meine Schultasche und dann war ich auch schon draußen.

Der Wind schlug mir ins Gesicht. Aber das fühlte sich gar nicht unangenehm an, sondern eigentlich ganz gut, weil es so schön kribbelte. Ein bisschen wie Brause im Mund. Nur eben auf der Haut. Bevor ich auf mein Rad stieg, bin ich noch schnell hinters Haus zu dem kleinen Unterstand auf der Weide gelaufen. Die Schafe drängten sich dort ganz eng aneinander, weil es unter dem Dach so schön warm und trocken ist. Emma war auch dabei und es schien ihr ganz gut zu gehen. Ich streichelte kurz über ihr weiches Fell. Dann machte ich mich auf den Weg zur Schule.

11.
Weißer Fleck am Straßenrand

Der Sturm blies so kräftig, dass ich gar nicht in die Pedale treten musste. Trotzdem war ich auf meinem Rad doppelt so schnell bei Lisa wie sonst. Lisa wartete draußen in ihren Regensachen schon auf mich und ich hatte richtig Mühe, stehen zu bleiben. Beinahe hätte mich der Wind einfach an Lisas Haus vorbeigeschoben. Ich musste richtig kräftig in die Bremsen steigen, um mein Rad anzuhalten.

»KEINE FÄHRE«, habe ich geschrien.

Ich musste schreien, weil der Sturm unsere Wörter wie Blätter vor sich hertrieb.

»EINE BEERE? WAS DENN FÜR EINE BEERE? IST DOCH VIEL ZU FRÜH IM JAHR FÜR BEEREN«, hat Lisa zurückgeschrien.

»NEIN, KEINE FÄHRE.«

»KEINE EHRE?«

»FÄHRE!«

»SCHON GEHÖRT«, hat sie gebrüllt, als sie mich endlich verstanden hatte. »SUPER, ODER?«

Ich nickte nur und dann ließen wir uns vom Wind einfach zur Schule wehen.

So schnell waren wir noch nie gefahren und es war ja auch ganz ungefährlich. Auf unserer Hallig gibt es keine Bäume entlang der Straßen. Da können einem bei einem Sturm keine Äste auf den Kopf fallen. Man muss sich nur ganz doll aufs Lenken konzentrieren und ab zu mal auf die Bremse treten. Immer dann, wenn das Tempo so schnell wird, dass man ein bisschen Angst bekommt.

Ganz hinten am Ende der Straße konnten wir Sven und Torben auf ihren Rädern erkennen. Die hatten weniger Glück als wir. Weil ihre Warften auf der anderen Seite der Schule liegen, mussten sie gegen den Wind radeln. Da hatten Lisa und ich es viel besser.

Plötzlich bemerkte ich einen weißen Fleck am Rand der Straße. Zuerst dachte ich, das wäre nur ein altes Papiertaschentuch, das jemand weggeworfen hatte. In Köln hatte ständig Abfall auf dem Bürgersteig gelegen. Aber hier auf der Hallig liegt nur ganz selten Müll in der Gegend herum. Wahrscheinlich wollen die Leute hier nichts dreckig machen, weil alles so schön grün ist. Und wenn doch mal jemand einfach etwas wegwirft, fegt der Wind es sofort davon und treibt es auf das Meer hinaus.

Deswegen war ich mir auch ganz schnell ganz sicher, dass

das kein Taschentuch war, was da am Weg lag, sondern irgendetwas anderes.

Ich trat sofort auf die Bremse. So scharf, dass Lisa hinter mir fast auf mich draufgefahren wäre.

»HEY, WAS SOLL DAS?«, hat sie gerufen.

»DA VORNE LIEGT IRGENDWAS«, habe ich zurückgerufen.

Ich legte mein Rad am Straßenrand ab und lief die paar Meter zurück. Den weißen Fleck konnte man auf der grünen Wiese gut erkennen, und als ich ankam, sah ich, dass es ein kleiner Vogel war. Er duckte sich tief zwischen die Grashalme und versuchte, sich ganz klein zu machen. Das klappte aber nicht so richtig, weil sein rechter Flügel von seinem Körper abstand. Das sah irgendwie komisch aus und überhaupt nicht gesund.

»Das ist eine Brandseeschwalbe«, habe ich zu Lisa gesagt, die mir gefolgt war und jetzt direkt neben mir stand. »Davon gibt es nicht mehr so viele.«

Brandseeschwalben haben grauweiße Federn und eine schwarze Fellhaube auf ihrem Kopf. Auch ihr Schnabel ist schwarz und hat an der Spitze einen kleinen gelben Fleck. Das wusste ich von dem Vortrag, den ich über die Vögel auf der Hallig für die Schule vorbereitet hatte.

»Ich weiß«, hat Lisa erwidert. »Aber sie sieht noch ziemlich jung aus und sie hat sich den Flügel gebrochen.«

»Wir müssen ihr helfen«, habe ich gesagt und mich zu dem Vogel hinuntergebeugt. Die Schwalbe fiepste aufgeregt und versuchte, vor mir wegzukriechen. Aber das gelang ihr mit dem gebrochenen Flügel nicht so gut.

»Du brauchst keine Angst vor uns zu haben«, habe ich beruhigend geflüstert und Lisa hat gesagt: »Wir wollen dir doch nur helfen.«

Ich konnte spüren, wie wild das Herz des Vogels schlug, als ich ihn mit beiden Händen hochhob.

»Am besten nehmen wir ihn erst mal mit«, habe ich vorgeschlagen und das haben wir dann auch gemacht.

Ich steckte den verletzten Vogel vorsichtig unter meine Jacke und Lisa schob unsere beiden Räder bis zur Schule. Das war gar nicht mehr weit und mit dem Wind im Rücken waren wir auch ganz schnell da. Schneller jedenfalls als Torben und Sven, die auf ihren Rädern immer noch gegen den Sturm kämpften.

12.
Spontaner Schulausflug

In unserer Klasse wollten natürlich alle den Vogel sehen, den Lisa und ich auf dem Schulweg gefunden hatten. Sogar Nasrin und Lisas kleiner Bruder Tome durften mit ihrer Erzieherin aus dem Kindergartenraum nebenan zu uns rüberkommen, um ihn sich anzuschauen. Papa hat dann aus einem alten Schuhkarton, den wir irgendwann mal zum Basteln benutzen wollten, eine kleine Hütte für die junge Brandseeschwalbe gebastelt. Dazu haben wir unten zuerst viele Taschentücher reingelegt, damit sie es schön warm und weich hatte. Der kleine Vogel reckte die ganze Zeit seinen Kopf hin und her. Es sah aus, als wäre er schrecklich neugierig und als wollte er unbedingt wissen, wer die vielen Menschen waren, die sich über ihn beugten. Er wirkte auch gar nicht mehr so aufgeregt, sondern ganz ruhig. So als hätte er verstanden, dass wir ihm helfen wollen.

»Was machen wir denn nun mit ihm?«, habe ich Papa gefragt.

»Am besten wird sein, ich bringe ihn gleich rüber zur Vogelschutzstation. Die wissen am besten, wie man ihm helfen kann«, hat Papa geantwortet.

Das fand ich eine gute Idee. Hier auf der Hallig gibt es eine Schutzstation, die sich um die Vögel im Wattenmeer kümmert. Von den Seevögeln gibt es rund um die Hallig ganz, ganz viele. Auch von solchen, von denen es woanders nur noch ganz, ganz wenige gibt. Deswegen wohnen und arbeiten in der Station Wissenschaftler, die die Vögel zählen und ihre Gewohnheiten erforschen. Die beobachten den ganzen Tag, was die Vögel fressen, wo sie ihre Nester bauen und was sie sonst noch so brauchen, damit sie ihre Eier ausbrüten können. Je mehr man über die Vögel weiß, desto besser kann man ihnen helfen und dafür sorgen, dass es auch woanders wieder mehr von ihnen gibt. Das hat uns Anette mal erklärt, als wir mit unserer Klasse die Schutzstation besucht haben. Anette heißt eigentlich Frau Doktor Kling und leitet die Station. Aber wir Kinder auf der Hallig sagen alle nur Anette zu ihr.

Ich hatte sie lange nicht besucht und ich freute mich schon, sie wiederzusehen. Aber da fiel mir ein, dass Papa gerade eben gesagt hatte: »ICH bringe ihn zur Vogelschutzstation.«

»Und was ist mit uns?«, habe ich gerufen. »Dürfen wir etwa nicht mit?«

»Ihr bleibt hier und macht ein bisschen Stillarbeit und die Zwerge müssen wieder zurück in den Kindergartenraum, die haben hier im Klassenzimmer ja sowieso nichts zu suchen«, hat Papa geantwortet.

Da waren wir natürlich alle stinksauer. Nicht, weil er Nasrin und Ole Zwerge genannt hatte. Das tun wir ja auch, das tun eigentlich alle. Sondern weil wir nicht mitdurften und stattdessen langweilige Stillarbeit machen sollten.

»Wir wollen aber auch mit!«, hat Lisa gerufen. »Schließlich haben Nele und ich den Vogel gefunden.«

»Das ist total unfair, wenn wir hierbleiben müssen«, hat Sven gesagt.

»Und in der Station lernen wir doch auch viel mehr, als wenn wir hier Stillarbeit machen«, hat Samir gesagt.

Das fand ich ziemlich klug von Samir, und ich konnte sehen, dass Papa ernsthaft über Samirs Idee nachdachte.

»Bitte, bitte, Papa!« In der Schule sage ich nur ganz selten Papa zu meinem Papa. Nur wenn es unbedingt nötig ist, so wie jetzt.

Die Einzigen, die nichts gesagt haben, waren die beiden Zwerge und Torben. Nasrin und Tome waren nämlich mit ihrer Erzieherin schon wieder zurück in ihren Kindergartenraum gegangen und Torben sagt ja nie viel. Außerdem hatte der gleich Englischunterricht. Den gibt nicht mein Papa, sondern dazu muss sich Torben an den Computer setzen. Übers Internet wird er dann mit älteren Schülern von anderen Halligen und Inseln und einer Englischlehrerin auf dem Festland verbunden und die lernen dann zusammen. Torben liebt das, weil er dann endlich mal was mit Kindern in seinem Alter machen kann und nicht nur mit viel jüngeren wie uns.

Wir anderen aber haben meinen Papa so lange bequatscht, bis er endlich nachgab.

»Okay, dann kommt ihr eben mit«, hat er gesagt. »Aber nur wenn Nele in der Station dann auch ihren Vortrag hält. Und Torben bleibt hier, der hat ja gleich Englischunterricht.«

13.
Punky wird geholfen

Lisa, Sven, Samir und ich haben vor Freude laut geschrien, weil wir mit in die Vogelschutzstation durften. Wir sind dann auch gleich raus auf den Schulhof gelaufen, wo Papas Wagen parkte. Zum Glück hatte es aufgehört zu regnen. Wolkig und windig war es aber immer noch.

Vor dem Auto haben Sven und ich uns dann darüber gestritten, wer vorne sitzen darf.

»Natürlich sitze ich vorne. Ich bin schließlich der Älteste von uns«, hat Sven gesagt.

»So ein Quatsch«, habe ich gesagt. »Natürlich sitze ich vorne. Ich habe den Vogel schließlich gefunden und außerdem gehört das Auto meinem Papa.«

Es durfte dann aber keiner von uns beiden vorne sitzen, weil Papa das nicht erlaubt hat.

»Ihr seid alle beide noch viel zu klein, um vorne mitfahren zu dürfen«, hat er erklärt und den Karton mit der verletzten Brandseeschwalbe neben sich auf den Beifahrersitz gestellt. »Das ist streng verboten. Außerdem brauche ich den Platz hier vorne für unseren kleinen Patienten.«

Wir Kinder mussten uns alle fünf auf die Rückbank quetschen. Das war bestimmt auch nicht erlaubt. Aber hier auf der Hallig gibt es ja keine Polizei, die das kontrolliert. Deswegen hätte auch ruhig einer von uns vorne sitzen können. Wenn ich mit Mama unterwegs bin, darf ich das manchmal. Auf der Hallig ist auf den Straßen so wenig Verkehr, da passieren nur ganz, ganz selten Unfälle mit Autos. Und außerdem sieht man hier ja jeden Wagen, der einem entgegenkommt, schon von ganz, ganz weit weg. Da ist die Gefahr viel größer, mit einer entlaufenen Kuh zusammenzustoßen als mit einem anderen Auto.

Ich glaube, Papa wollte nur deswegen nicht, dass einer von uns vorne sitzt, weil er niemanden bevorzugen wollte, und mich als seine Tochter schon gar nicht.

Hinten auf der Rückbank musste ich Ole auf den Schoß nehmen, damit wir alle genug Platz hatten. Es war aber trotzdem ziemlich eng, weil wir immer noch zu viert nebeneinandersaßen. Sven hatte sich nämlich geweigert, Samir auf den Schoß zu nehmen, und Lisa wollte das auch nicht. Zum Glück war es nicht weit bis zur Station, und weil heute keine Kutsche auf der Straße unterwegs war und den Weg versperrte, dauerte die Fahrt auch nur ein paar Minuten.

Als wir vor der Station ankamen, hat Anette bereits auf uns gewartet. Papa hatte sie schon von der Schule aus angerufen, da wusste sie, dass wir kommen.

»Oh, die Ärmste!«, hat sie gesagt, als wir ihr den verletzten Vogel in dem Karton gezeigt haben. »Das ist eine Brandseeschwalbe, das erkennt man an den strubbeligen, schwarzen Federn auf ihrem Kopf und dem schwarzen Schnabel mit der gelben Spitze.«

»Wissen wir doch längst«, hat Sven gesagt und wir anderen haben genickt. Denn so was weiß auf unserer Hallig jeder.

»Stimmt, ich vergesse immer, dass ihr keine Touristen seid, denen man alles erklären muss«, hat Anette erwidert und gelacht. »Aber wisst ihr auch, dass man die Brandseeschwalbe wegen ihrer hohen Kopffedern auch Punker-Schwalbe nennt?«

Das wussten wir nicht und ich habe mir das gleich gemerkt für meinen Vortrag.

Anette hat uns in einen Raum geführt, der sah aus wie das Behandlungszimmer eines Arztes. Dort hat sie uns erklärt, dass sie und die anderen Wissenschaftler hier ganz oft verletzte Vögel oder auch Seehunde behandeln und aufpäppeln, bis sie wieder gesund sind.

»Hat die Schwalbe auch einen Namen?«, hat Anette gefragt, als sie den Flügel des Vogels untersucht hat.

Lisa und ich sahen uns an und dann haben wir beide fast gleichzeitig gesagt: »Punky, sie soll Punky heißen.«

»Gut, dann ist ihr Name Punky«, hat Anette feierlich verkündet und das fanden sogar die Jungen eine gute Idee.

»Und jetzt gönnen wir Punky ein bisschen Ruhe und schauen uns die Ausstellung an«, hat mein Papa gesagt, als Anette den Bruch von Punkys Flügel versorgt hatte.

»Wenn ihr wollt, könnt ihr immer vorbeikommen und schauen, wie es Punky geht«, hat Anette gesagt. »Sie macht einen ganz fitten Eindruck und ich denke, dass sie schon sehr bald wieder fliegen kann.«

14.
Auf Regen folgt Sonnenschein

Nachdem Punky versorgt war, haben wir uns dann alle zusammen die Ausstellung in der Station angeschaut. Dort wird erklärt, welche seltenen Vögel hier auf der Hallig leben, wie das Wattenmeer entstanden ist und warum es so wichtig ist. Wattenmeer nennt man die Landschaft rund um die Hallig. Bei Ebbe, wenn das Wasser für ein paar Stunden zurückgeht, ist der Boden ganz matschig. Da kann man dann durch den Schlick waten. Das fühlt sich an, als würde man durch Wackelpeter laufen, und manchmal sinkt man dabei fast bis zu den Knien ein. Anfangs fand ich das ziemlich eklig. Mittlerweile mag ich das gerne, weil Anette uns hin und wieder zu ihren Touren auf die Sandbänke mitnimmt. Da leben ganze seltene Vögel und Seehunde. Das ist auch der Grund, warum das Wattenmeer so wichtig ist und unbedingt erhalten werden muss. Hier leben Tiere, die es nirgendwo anders gibt. Um die nicht zu stören, darf man bei Ebbe auch nicht alleine durch das Watt zu den

Sandbänken laufen. Außerdem ist das auch viel zu gefährlich. Vor allem bei Nebel, der kommt nämlich manchmal ganz plötzlich und dann verläuft man sich im Watt. Wenn dann die Flut kommt und das Wasser wieder steigt, kann man ertrinken. Früher ist das öfter passiert, hat meine Oma erzählt, aber solange ich hier auf der Hallig wohne, zum Glück noch kein einziges Mal.

Die Ausstellung war menschenleer, weil keine Touristen auf der Hallig waren. Aber auch sonst ist es dort nie besonders voll, weil die meisten Gäste lieber Kuchen essen gehen, als bei ihrem Besuch hier auf der Hallig auch was zu lernen. Papa findet das ganz schrecklich, dass die Leute nicht klüger werden wollen. Oma findet das gut. Wenn alle nur ins Museum laufen, könnte sie ihr Café gleich dichtmachen, dann verdient sie ja nichts mehr, hat sie mal gesagt.

In der Ausstellung habe ich dann meinen Vortrag gehalten. Manchmal habe ich dabei extra *Insel* statt *Hallig* gesagt. Lisa und Sven haben natürlich sofort gebrüllt. Aber ich habe nur gelacht, weil es so einfach ist, die beiden zu ärgern.

Mein Referat in der Schutzstation vorzutragen war viel besser als in der Schule, weil hier Bilder von all den Vögeln hängen, über die ich geredet habe. Da konnte ich die gleich zeigen. Am längsten habe ich über die Brandseeschwalben gesprochen. Dafür brauchte ich auch kein Foto, da wussten wir ja alle, wie die aussehen. Genau wie Punky. Als ich fertig war, hat Anette mich vor allen gelobt und uns noch ein paar Sachen erklärt. Das meiste davon wussten wir schon. Aber wir haben so getan, als wäre das alles neu für uns. Und ganz, ganz viele Fragen gestellt haben wir auch. Wir haben gar nicht mehr aufgehört, Fragen zu stellen, denn solange wir in der Station waren, mussten wir nicht zurück in die Schule und dort Unterricht machen.

Ich glaube, mein Papa hat uns durchschaut. Er hat aber trotzdem nichts gesagt, weil er es in der Ausstellung auch viel spannender fand als in unserem Klassenzimmer. Das ist ja das Gute an so einer kleinen Schule. Da ist der Lehrer auch gleichzeitig der Direktor und kann ganz allein bestimmen, was gemacht wird und was nicht. Hauptsache, wir können am Ende des Schuljahrs all die Sachen, die wir in unserem Alter können sollen. Und in Biologie sind wir bestimmt schon viel besser als Grundschulkinder auf dem Festland. Die können sicher nicht mal eine Brandseeschwalbe von einer Stockente unterscheiden.

Anette hat unsere Fragen beantwortet und so spannend erzählt, dass wir die Zeit ganz vergessen haben. Und als uns wirklich keine einzige Frage mehr einfiel, haben wir auf die Uhr geguckt und da war es schon ein Uhr!

Da haben wir alle gejubelt, weil wir um ein Uhr immer schulfrei haben.

Papa hat so getan, als wäre

er ein bisschen sauer, weil wir so viel von seinem Unterricht versäumt hatten. Dabei hatten wir in der Station bestimmt mehr gelernt als in zwei Stunden Rechnen oder Schreiben und in Wirklichkeit war er auch gar nicht sauer. Das habe ich ihm angesehen. Schließlich kenne ich ihn schon mein ganzes Leben lang.

Als wir die Station verließen, hatte sich das Wetter komplett gedreht. Die Wolken und der Sturm waren weg und die Sonne schien. Es war richtig warm. Aber das ist auf der Hallig völlig normal. Hier ändert sich das Wetter immer ganz schnell. Eben noch Regen, dann wieder blauer Himmel. So geht das ständig hin und her.

15.

Lütte, der Schlittenhund

Nach der Schule sind wir gleich zu Lisa, um mit Lütte spazieren zu gehen. Draußen auf der Straße zog sie uns an der Leine sofort Richtung Fähranleger.

»Sie glaubt bestimmt, wir holen Mama ab«, hat Lisa vermutet. »Dabei kommt die doch erst morgen.«

»Hoffentlich fährt dann die Fähre wieder«, habe ich gesagt, weil meine Schwester mit derselben Fähre auf die Hallig kommen wollte. Darauf habe ich mich mindestens schon genauso gefreut wie Lisa auf ihre Mama. Lisas Mama arbeitet von Montag bis Freitag auf dem Festland, weil das Geld aus dem Laden nicht reicht.

Lisa konnte Lütte kaum halten, weil Lütte so doll an der Leine gezerrt hat. Aber die Leine musste sein, weil auf der Hallig so viele Vögel brüten. Die kriegen ja Angst, wenn so ein Hund auf sie zuläuft. Auch wenn es so ein lieber ist wie Lütte.

Ich habe versucht, Lisa zu helfen, und auch nach der Leine gegriffen. Aber Lütte war stärker als Lisa und ich zusammen.

Das war ein bisschen wie mit dem Wind heute Morgen. Nur dass wir diesmal nicht geschoben, sondern gezogen wurden.

Plötzlich sprang Lütte von der Straße und raste quer über eine Kuhweide, um den Weg abzukürzen.

»Bleib stehen!«, hat Lisa geschrien. Aber Lütte dachte gar nicht daran und lief einfach weiter.

Auf der Weide gab es eine Menge Kühe, die vor Lütte wegrannten, und noch viel mehr Kuhfladen, die nicht davonrennen konnten und einfach liegen blieben. Lisa und ich mussten ständig hüpfen und springen, um den Fladen auszuweichen. Irgendwann ging das nicht mehr und wir sind einfach mittendurch gerannt. Lütte hat erst angehalten, als wir auf der anderen Seite der Weide wieder eine Straße erreicht hatten. Da waren auch Sven und Samir mit ihren Skateboards. Die kannte Lütte natürlich und sie hat sich wahnsinnig gefreut, die Jungs zu sehen. So sehr, dass sie die zwei fast umgeworfen hätte.

Lütte ist aufgeregt um die Jungen herumgesprungen und ich habe ihnen zugerufen: »Hey, ihr Fischköppe. Wo wollt ihr hin?«

»Zum Strand, Holz suchen«, hat Samir geantwortet und Sven hat gesagt: »Vielleicht finden wir da Treibgut fürs Frühlingsfeuer.«

»Ihr könnt ja eure Bretter nehmen. Die brennen bestimmt super«, hat Lisa gesagt und grinsend auf die Skateboards der Jungs gezeigt.

»Spinnst du?«, haben Sven und Samir gleichzeitig gerufen.

Ich fand das auch keine gute Idee, weil mir genau in dem Moment etwas viel Besseres eingefallen ist.

»Leiht ihr uns die mal kurz?«, habe ich gefragt.

»Wozu das denn?«, hat Samir zurückgefragt.

»Lütte kann uns doch super ziehen«, habe ich erklärt. »So wie ein Schlittenhund.«

»Gute Idee! Aber wenn, dann fahren wir alle zusammen«, hat Sven geantwortet. Aber Samir hat auf unsere Schuhe gezeigt und gesagt: »Vorher müsst ihr die aber erst sauber machen.«

Lisa und ich haben den Fladendreck von unseren Schuhen an den hohen Grasbüscheln am Straßenrand abgewischt. Das ging ganz gut, weil die Halme noch nass waren von dem Regen am Vormittag. Als wir mit dem Putzen fertig waren, sahen unsere Schuhe schon fast wieder sauber aus.

Lisa ist vorne zu Sven auf das Board gestiegen und ich zu Samir. Die haben beide so Longboards, auf denen man bequem zu

zweit hintereinander stehen kann. Sven und Samir haben Lüttes Leine festgehalten und Lisa hat gerufen: »Lauf, Lütte, lauf!«

Und da ist Lütte losgerannt und hat uns hinter sich hergezogen, ganz, ganz schnell. Am Ende der Straße war schon der Anleger zu sehen und wahrscheinlich hat Lütte wirklich geglaubt, wir holen Lisas Mama von der Fähre ab. Dabei kommt die ja erst morgen. Aber das kann ein Hund ja nicht wissen. Nicht mal so ein großer wie Lütte.

Lütte ist erst stehen geblieben, als wir beim Anleger ankamen. In letzter Sekunde sind wir von den Boards gesprungen, sonst wären wir alle glatt im Wasser gelandet. Die Skateboards aber sind einfach weitergerollt, über die Kante des Anlegers geschossen und ins Meer geflogen.

»Verdammter Heringssalat«, hat Sven geschimpft und Samir hat gefragt: »Was machen wir denn jetzt?«

Die Boards schwammen im Wasser und trieben langsam auf die kleine Badebucht neben dem Anleger zu.

»Was hat der Hund hier zu suchen?«, hat plötzlich der alte Mattes hinter uns gebrüllt. »Ihr wisst doch, dass der sich hier nicht blicken lassen soll. Der macht den Touristen Angst.«

»Hier sind doch heute gar keine Touristen«, habe ich gesagt.

Doch das war dem alten Mattes egal. Der hat weitergeschrien, dass wir gefälligst verschwinden sollen. Dabei hat er Abstand gehalten, weil er selber Angst vor Lütte hat. Dabei hätte der alte Mattes doch wissen müssen, dass Lisas Hund keinem was tut. Und den Leuten hier auf der Hallig schon gar nicht. Die kennt Lütte ja alle, sind ja nicht so viele.

16. Badetag

Wir haben den alten Mattes einfach stehen lassen und sind den schwimmenden Longboards hinterhergerannt. Die trieben wie Schiffe auf den Wellen am Ufer entlang. Der alte Mattes hat uns noch was hinterhergebrüllt, aber was genau, haben wir nicht verstanden.

Wir sind den schmalen Weg am Ufer lang und dann über die großen Steine zu dem kleinen Strand runtergeklettert, der direkt neben dem Anleger liegt. So viele Strände gibt es auf der Hallig nicht und das ist unser Lieblingsstrand. Im Sommer gehen wir da ganz oft baden. Aber meistens erst, wenn die Fähre mit den Tagesgästen abends wieder abgelegt hat und wir das Meer für uns alleine haben.

Ein paar Möwen sind neugierig um unsere Köpfe geflattert. Wahrscheinlich haben sie gehofft, dass wir sie füttern. So wie die Touristen. Aber wir hatten ja gar nichts zum Füttern dabei, und als Lütte zweimal laut gebellt hat, sind sie weitergeflogen.

»Lütte, hol das Stöckchen.« Samir stand neben Lütte und hat

auf sein Longboard gezeigt, das etwa zwanzig Meter vor uns im Wasser schwamm.

»Das klappt doch nur, wenn du einen Stock wirfst, du Fischkopp«, habe ich erwidert und Lisa hat gesagt: »Außerdem ist Lütte viel zu klug, der rennt nicht irgendwelchen Stöckchen nach.«

»Wenn er wirklich so klug wäre, dann würde er kapieren, dass er unsere Boards aus dem Wasser holen soll«, hat Sven geantwortet und seine Jacke, seine Schuhe, seine Socken, seine Hose und seinen Pullover ausgezogen.

»Was hast du vor?«, habe ich ihn gefragt.

»Ist doch ein warmer Tag heute. Da ziehen wir unseren ersten Badetag eben einfach einen Monat vor«, hat er erklärt.

Das erste Mal im Jahr im Meer baden zu gehen ist immer etwas Besonderes und eigentlich machen das die Hallig-Kinder erst viel später. Aber Sven hatte schon recht: Nach dem Sturm heute Morgen war es jetzt wirklich ganz warm geworden, weil ja schon seit heute Mittag die Sonne wieder schien.

»Gute Idee«, hat Samir gesagt und sich ebenfalls bis auf die Unterhose ausgezogen.

Lisa hat mich angeguckt und ich habe sie angeguckt und dann haben wir uns auch ausgezogen, bis wir nur noch unsere Unterwäsche anhatten.

»Wer zuerst im Wasser ist, hat gewonnen«, habe ich gerufen und dann sind wir alle losgerannt.

Boah, war das kalt! Einen Moment bin ich stehen geblieben, aber das ist das Dümmste, was man machen kann. Das wusste ich schon aus dem letzten Jahr. Deswegen bin ich gleich weiter und habe mich einfach ins Wasser geworfen. Die anderen haben es genauso gemacht, und als wir alle nass waren, hat uns die Kälte gar nicht mehr so viel ausgemacht. Die Jungs haben schnell ihre Boards geholt und an den Strand gebracht. Dazu mussten sie nicht mal schwimmen, weil das Meer an der Badestelle ganz flach ist. Sie sind aber nicht an Land geblieben, sondern sofort wieder zurück ins Wasser gekommen. Lütte ist auch ins Meer gesprungen und kläffend zwischen uns herumgetollt. Wir haben uns dann eine richtig wilde Wasserschlacht geliefert. So lange, bis wir dann doch gefroren haben. Lisas Lippen sind zuerst blau geworden, dann Samirs und Svens und am Schluss meine.

»Lasst uns wieder raus.« Lisa hat ganz doll gezittert, weil ihr so kalt war. »Schnell abtrocknen und dann nach Hause, wir wollten doch noch reiten.«

»Wir haben aber gar keine Handtücher dabei.« Daran hatten wir vorher nicht gedacht, das ist mir da erst eingefallen.

»Verdammte Quallenkacke«, hat Sven geschimpft, dem war nämlich genauso kalt wie Lisa, Samir und mir.

Aber als wir am Strand zu unseren Sachen zurückkamen, lagen da plötzlich vier große Handtücher. Die waren alle mit Werbung von der Firma bedruckt, der auch die Fähre gehört.

»Wo kommen die denn her?«, hat sich Samir gewundert.

»Das muss der alte Mattes gewesen sein«, habe ich vermutet.
»Manchmal kann er doch ganz nett sein«, hat Lisa gesagt.
»Aber auch nur manchmal«, hat Sven erwidert.

Wir haben uns dann alle abgetrocknet, und als wir gerade fertig waren, kam Lütte aus dem Wasser. Ihr Fell war nass und da hat sie sich geschüttelt, um wieder trocken zu werden. Dabei sind so viele Tropfen durch die Gegend geflogen, dass wir uns gleich noch mal abtrocknen mussten und Lütte auch. Danach haben wir uns angezogen, die Handtücher ordentlich zusammengelegt und vor der Hütte vom alten Mattes abgelegt. Der hat sich aber nicht mehr blicken lassen. Da konnten wir uns gar nicht bei ihm bedanken.

17.
Große Tiere, kleine Namen

Samir und Sven haben dann am Strand noch ein bisschen Treibholz für das Feuer gesammelt und Lisa und ich haben ihnen geholfen. Danach haben wir erst alle zusammen Lütte nach Hause gebracht und sind von da aus zu Svens Vater gegangen. Lisa und ich, weil wir ja noch auf den Pferden reiten wollten, und Sven und Samir, weil sie in der Werkstatt von Svens Vater die Kugellager ihrer Skateboards trocknen und ölen wollten. Die hatten ganz schön gelitten, nachdem sie so lange im Salzwasser geschwommen waren. Also die Kugellager, nicht Sven oder Samir.

Als wir auf der Warft der Hansens ankamen, schraubte Svens Vater im Hof an einer der Kutschen herum. Weil heute wegen des Sturms keine Touristen gekommen waren, hatte er ja Zeit, all die kleinen Dinge zu reparieren, die kaputtgegangen waren. Torben war auch da. Der hat seinem Vater beim Reparieren geholfen. Das macht Torben viel lieber, als für die Schule zu lernen.

»Dürfen wir auf den Pferden reiten?«, habe ich gefragt.

»Bitte, bitte, bitte«, hat Lisa gebettelt.

Aber das hätte sie sich auch sparen können. Die Pferde mussten ja sowieso bewegt werden und da war Svens Vater ganz froh, dass wir ihm das abnehmen wollten.

Er hat nur genickt und mit dem Kopf auf einen Korb mit Mohrrüben gezeigt. Davon sollten wir ein paar für die Pferde mitnehmen. Das brauchte er uns gar nicht sagen, das wussten wir auch so, dass die Mohrrüben in dem Korb für die Pferde sind. Svens Vater spricht nicht viel, genau wie Torben. Gegen die beiden ist Sven die reinste Labertasche.

Lisa und ich haben laut »Danke« gerufen und sind mit den Mohrrüben rüber zu der Koppel gelaufen. Svens Familie hat vier Pferde: Blümchen, Baby, Däumling und Krabbe. Ich finde, die Namen passen überhaupt nicht zu ihnen, weil die eher nach Ponys klingen. Dabei sind das die größten Pferde, die ich jemals gesehen habe. Ist ja auch klar, die müssen schließlich die schwere Kutsche mit all den vielen Touristen ziehen.

Ich weiß noch genau, wie komisch ich das anfangs fand, dass ausgerechnet auf so einem winzigen Fleckchen Erde mitten im Meer so große Pferde und Hunde leben. Und vielleicht ist das auch der Grund, warum man denen so niedliche Zwergennamen gibt wie Blümchen, Baby, Däumling, Krabbe oder auch Lütte. Damit das nicht so auffällt, was das alles eigentlich für Riesen sind.

Lisas Lieblingspferd ist Krabbe und ich mag Däumling am liebsten. Das ist gut, da müssen wir uns nicht streiten, wer auf welchem Pferd reiten darf. Auf der Weide haben wir uns den beiden ganz langsam und vorsichtig genähert, weil wir sie nicht erschrecken wollten. Aber die zwei hatten uns längst bemerkt und kamen direkt auf uns zugetrabt. Die hatten die Möhren gesehen und außerdem wollten die ja nicht den ganzen Tag auf der Koppel rumstehen. Das ist ja auch stinklangweilig, den ganzen Tag nur auf der Weide rumzustehen und den vorbeiradelnden Radfahrern zuzuschauen. Deswegen glaube ich auch, dass denen das Kutscheziehen überhaupt nichts ausmacht. Im Gegenteil, die freuen sich wahrscheinlich, dass sie was zu tun haben. Auch wenn sie immer dieselbe Strecke einmal rund um die Hallig laufen müssen.

Wenn so ein riesiges Pferd direkt auf einen zutrabt, kriegt man schon ein bisschen Angst. Also, zumindest war das beim ersten Mal bei mir so. Jetzt habe ich keine Angst mehr, weil ich Däumling ja mittlerweile schon gut kenne. Ich wusste ja, dass die Pferde uns nicht über den Haufen rennen, sondern vom Trab in den Schritt übergehen, sobald sie uns erreicht haben.

Das ist so ähnlich wie bei Lütte und das gibt es ja oft, dass die großen Tiere viel friedlicher sind als die Kleinen, weil die nicht so angeben müssen. Kleine Hunde bellen viel mehr als große und ein Pottwal ist ja auch ein viel ruhigeres Tier als ein quirliger Hering. Obwohl so ein Wal fast so groß wie unsere Hallig ist.

18.
Breite Pferderücken

Lisa und ich haben Däumling und Krabbe gestreichelt und ihnen ein paar von den Möhren gegeben. Däumling hat sie direkt aus meiner Hand gefressen. Sein Maul ist so groß, dass ich da locker meinen Kopf reinstecken könnte. Will ich aber natürlich nicht, auch weil er – ehrlich gesagt – ein bisschen aus dem Mund müffelt. Aber das ist wahrscheinlich normal, wenn man den ganzen Tag nur Gras frisst.

Außer den Möhren hatten wir noch ein Seil dabei, mit dem wir Baby und Blümchen hinter uns herführen konnten. Die sollten ja auch ein bisschen Auslauf bekommen. Wir haben das Seil am Zaumzeug von Baby und Blümchen festgemacht und sind dann auf den Rücken von Däumling und Krabbe geklettert. Die beiden sind so groß, dass man dazu eigentlich eine Leiter bräuchte. Aber wir hatten keine Leiter und deswegen haben wir sie zu einer alten Badewanne geführt. Die steht da auf der Weide, damit Kühe und Pferde daraus trinken können, wenn sie durstig sind. Lisa und ich sind auf den Rand der Wanne geklettert – da mussten wir ganz doll aufpassen, dass wir nicht ins Wasser fallen – und haben uns von dort aus auf die Rücken unserer Pferde geschwungen.

Däumlings und Krabbes Rücken sind so breit, dass man da so gut wie gar nicht runterfallen kann. Sven hat mal ein Tablett mit Kuchentellern und Saftgläsern auf Krabbes Rücken abgestellt und während seines Ritts ist nicht ein Tropfen über den Rand geschwappt. Und Lisa und ich haben mal eine Partie *Mensch ärgere Dich nicht* gespielt, als wir zum Strand geritten sind. Däumlings Rücken ist so breit, dass wir sogar darauf würfeln konnten.

»Wo sollen wir hinreiten?«, habe ich Lisa gefragt.

»Zur Station, um zu fragen, wie es Punky geht«, hat Lisa vorgeschlagen.

»Gute Idee«, habe ich gesagt. »Und danach holen wir bei euch die Farben ab. Wir müssen ja noch die Fahne malen.«

Wir sind dann auf Krabbe und Däumling losgeritten und haben Baby und Blümchen an dem Strick hinter uns hergeführt. So mag ich es am liebsten, wenn wir auf unseren Pferden ganz gemütlich über die Hallig zockeln und uns dabei in Ruhe unterhalten können.

»Hoffentlich ist morgen wieder genug Wasser im Meer, damit die Fähre fahren kann«, habe ich gesagt.

»Oh ja, das hoffe ich auch«, hat Lisa erwidert. »Ich freue mich schon, wenn ich meine Mutter wiedersehe.«

»Und ich freue mich auf meine Schwester.«

»Ich dachte, ihr streitet euch ständig.«

»Tun wir ja auch.«

»Und warum freust du dich dann auf sie?«, wollte Lisa wissen.

»Weil ich hier auf der Insel sonst niemanden habe, mit dem ich mich streiten kann«, habe ich geantwortet.

»Du hast doch mich zum Streiten, außerdem ist das hier eine Hallig und keine Insel.«

»Weiß ich doch«, habe ich gesagt und ihr aus Spaß auf den Arm geboxt.

Krabbe muss die Bewegung irgendwie gesehen haben. Er hat vor Schreck einen großen Satz nach vorne gemacht und ist losgaloppiert. Lisa hat geschrien und ich auch, weil Däumling gleich hinterhergerannt ist. Genauso wie Blümchen und Baby. Das sind ja Kutschenpferde, die sind gewohnt, alles zusammen zu machen, und wenn einer losläuft, müssen die anderen natürlich hinterher. Die Straße hat richtig gebebt vom Aufprall ihrer riesigen Hufe.

Lisa und ich haben uns ganz weit nach vorne gebeugt und uns an die Hälse von Däumling und Krabbe geklammert. Angst hatten wir keine, weil wir das schon ein paarmal erlebt hatten. Dafür hatten die Leute Angst, die uns auf der Straße entgegenkamen. Da war nämlich ein Spaziergänger, der ist vor lauter Angst in den Wassergraben neben der Straße gesprungen. Ich konnte ihn verstehen. Das sieht ja wirklich gefährlich aus, wenn vier so große Pferde auf einen zustürmen. Als wir an ihm

vorbeigeprescht sind, habe ich den Mann auch erkannt. Zum Glück war es keiner von den Feriengästen, die bei Oma in der Pension wohnen. Das hätte bestimmt Ärger gegeben. Es war der alte Mattes, der bis zu den Knien im Wassergraben stand und geschimpft hat.

Hier auf unserer Hallig wird man ziemlich häufig nass. Entweder von oben, weil es regnet, oder von unten, weil man badet oder in einen der vielen Gräben gefallen ist. Aber daran gewöhnt man sich, das ist hier halt so. Mir tat der alte Mattes trotzdem leid, weil er uns vorhin doch noch mit den Handtüchern geholfen hatte. Aber anhalten konnten wir ja nicht, und wenn, hätten wir uns bestimmt nicht getraut.

Der sah nämlich ziemlich wütend aus, der alte Mattes.

19. Besuch bei Punky

Zum Glück sind wir sonst niemandem mehr begegnet und irgendwann haben sich die Pferde beruhigt und sind langsam die Straße langgetrottet. Zuerst sind wir zur Station geritten, weil wir wissen wollten, wie es Punky geht. Auf dem Rasen neben der Station hatte Samirs Vater mit ein paar anderen Männern vom Küstenschutz schon angefangen, die Tische und Bänke für das Frühlingsfest am Wochenende aufzustellen.

Anette stand vor der Tür und hatte ein Fernglas in der Hand. Sie schaute damit aber nicht auf den Festplatz, sondern raus aufs Meer.

»Wollt ihr mal gucken?! Da draußen schwimmt ein Schweinswal«, hat sie gesagt und uns das Fernglas gereicht.

»Wo denn? Wo denn?« Ich war ganz aufgeregt, weil die sich im Wattenmeer nur ganz selten blicken lassen und ich überhaupt erst einen gesehen hatte, seit ich auf der Hallig lebe. Schweinswale sind kleine Wale, nicht viel größer als Delfine, und davon leben nur noch ganz wenige in der Nordsee.

Lisa hat ganz cool getan, so als könnte man die täglich beobachten. Das macht sie öfter, dass sie so tut, als wüsste sie über alles hier viel besser Bescheid, nur weil sie schon länger auf der Hallig lebt als ich.

Aber ich hatte keine Lust, mich mit ihr zu streiten, und habe lieber durch das Fernglas geguckt. Ich konnte den Wal aber nirgendwo entdecken. Dann aber habe ich ihn doch gesehen. Genau in dem Augenblick, als er gerade aus dem Wasser gesprungen ist.

»Er springt!«, habe ich gerufen und da wollte Lisa plötzlich auch gucken. Doch als ich ihr das Fernglas gegeben habe, war der kleine Wal schon wieder abgetaucht.

Wir haben dann noch zehn Minuten gewartet, aber er hat sich nicht mehr blicken lassen.

»Geht es Punky gut?«, habe ich Anette gefragt.

»Dem geht es prächtig«, hat Anette geantwortet und auf ihre Uhr geschaut. »Ich muss rein und aufschreiben, wo und wann wir den Wal gesehen haben.«

»Und dass er gesprungen ist«, habe ich ihr hinterhergerufen.

»Das auch«, hat Anette gesagt und ist zurück an ihren Schreibtisch gegangen.

Lisa und ich wollten früher auch Forscherinnen werden, so wie Anette. Aber dann haben wir bei unseren Besuchen in der Station gemerkt, dass Anette die allermeiste Zeit nur irgendwelche Tabellen ausfüllt und fast den ganzen Tag in ihrem Büro hockt. Da wollten wir es nicht mehr.

Von der Station sind wir dann erst noch bei Lisa vorbeigeritten, um die Farben für die Fahne zu holen, und dann zu mir, um zu gucken, wie es Emma geht. Aber da war alles unverändert. Das Lämmchen war immer noch nicht gekommen. Ich fing langsam an, mir Sorgen zu machen. Aber Mama hat mich beruhigt und gesagt, ich soll keine Angst haben, das wird schon und manchmal dauert es eben einfach ein bisschen länger. Da habe ich mir gleich viel weniger Sorgen gemacht, weil Mama sich mit Babydoll-Schafen auskennt. Die züchtet die ja. Und außerdem ist das oft so, dass man einfach jemanden braucht, der einem sagt, dass man sich keine Sorgen machen muss. Genau wie damals, als ich mein erstes *Land unter* hier auf der Hallig erlebt habe. Da hatte ich auch Angst, aber als Lisa und die anderen mir sagten, dass ich mir keine Sorgen machen muss, ging es mir gleich viel besser.

Lisa und ich haben die Farben in mein Zimmer gebracht und ich hab ihr das Laken gezeigt, das Oma mir gegeben hatte.

»Das ist super und hat genau die richtige Größe«, hat Lisa gesagt. »Aber wann malen wir die Fahne denn?«

»Was ist mit morgen?«, habe ich vorgeschlagen.

Mittlerweile war es nämlich schon Abend geworden und außerdem war ich schrecklich müde.

»Gute Idee, das reicht locker«, hat Lisa geantwortet. Die war nämlich genauso müde wie ich, das konnte ich sehen. »Das Fest ist ja erst am Samstag und heute ist Donnerstag.«

Lisa hat dann die Pferde ganz allein zurück auf die Weide gebracht. Dazu hat sie Däumling auch einfach an der Leine geführt. Ich war froh, dass ich nicht mitmusste. Sonst hätte ich ja auch von der Weide wieder nach Hause laufen müssen und dazu war ich viel zu erledigt.

Die Leute denken ja immer, auf so einer winzigen Hallig passiert nichts, da ist es todlangweilig. Aber heute war so viel passiert, dass ich nach dem Abendessen und dem Zähneputzen sofort eingeschlafen bin. Ich war sogar zu müde, um mich mit der Taschenlampe noch mal mit Lisa zu unterhalten. Ich habe es gerade noch geschafft, meinen Kopf zu heben und aus dem Fenster zu gucken. Aber hinter Lisas Fenster war alles dunkel. Die hat bestimmt auch schon geschlafen.

20.
Die Heimkehrer

Der nächste Tag war der Freitag und freitags sind wir in der Schule immer alle ganz unruhig. Nicht, weil wir uns so aufs Wochenende freuen. Das auch natürlich. Aber vor allem, weil Freitag immer alle zurück auf die Hallig kommen, die die Woche über auf dem Festland leben. So wie meine Schwester und Lisas Mutter. Im Unterricht haben wir deswegen gar nicht richtig aufgepasst, aber Papa hat nicht geschimpft. Der kennt das schon und sagt immer: »An meiner alten Schule waren die Kinder montags immer total überdreht. Hier ist es halt der Freitag, an dem man euch nichts Vernünftiges beibringen kann.«

Deswegen machen wir Freitag auch nur ganz selten richtigen Unterricht, sondern spielen oder malen nur. So lange, bis endlich Schulschluss ist und wir alle zum Fähranleger laufen, um die Heimkehrer zu begrüßen.

Am Anleger treffen sich freitags alle Hallig-Bewohner und quatschen. Wenn man auf seine Liebsten wartet, ist das immer eine gute Gelegenheit, den neuesten Klatsch und Tratsch auszutauschen. Außerdem vergeht so die Wartezeit viel schneller. Denn auch wenn man die Fähre am Horizont schon sehen kann, dauert es immer noch ewig, bis sie dann endlich die Hallig erreicht hat. Die Erwachsenen mussten sowieso noch ganz viel besprechen, wegen des Frühlingsfestes morgen.

Svens Vater hat uns gefragt, wie weit Lisa und ich mit der Fahne sind und ob wir das bis zum Samstag auch schaffen und ob sie schön geworden ist. Das hat er natürlich nicht so gesagt, das wären ja viel zu viele Worte gewesen. Er hat eigentlich nur ein einziges Wort gesagt: »Fahne?«

»Fast fertig«, habe ich geschwindelt und fast stimmte das ja auch: Das Bettlaken und die Farben hatten wir ja schon.

Mein Papa, Ole, Oma und Opa waren natürlich auch da, genau wie Lisa, ihr Bruder und ihr Vater. Der hatte den kleinen Hallig-Laden einfach zugemacht. Familie Hansen unterhielt sich mit Samirs Eltern, während Samir und Sven unten am Strand Treibholz für das Feuer sammelten und Torben ihnen geholfen hat. Ole, Tome und Nasrin spielten Fangen und Ole lief sogar extra ein bisschen langsamer, damit die Zwerge ihn auch kriegen konnten. Anette stand am Ufer und schaute mit ihrem Fernglas aufs Meer hinaus. Dabei konnte man die Fähre schon mit bloßem Auge erkennen. Aber wahrscheinlich hat sie gar nicht nach der Fähre geguckt, sondern wieder nach dem Schweinswal.

Eigentlich waren alle da. Alle bis auf meine Mama. Die war zu Hause geblieben, um auf Emma aufzupassen. Ihr Lämm-

chen war jetzt schon richtig lange überfällig und jetzt machte sogar Mama sich langsam Sorgen. Es gibt ja keinen Tierarzt auf der Hallig. Es gibt nicht mal einen Menschenarzt, nur eine Krankenschwester. Wenn eine Frau ein Baby bekommt, wird sie mit einem Hubschrauber in ein Krankenhaus auf dem Festland gebracht. Und wenn man sich einen Arm oder ein Bein bricht, kommt der Hubschrauber auch. Wenn man richtig schwer verletzt ist oder ein Baby kriegt, kann man ja nicht warten, bis die Fähre kommt. Da muss einem sofort geholfen werden.

Als wir damals auf der Hallig angekommen sind, bin ich mal aus dem Fenster gesprungen, weil ich unbedingt mit einem Hubschrauber fliegen wollte. Vor allem aber, weil ich von der blöden Insel runterwollte. Das war zu der Zeit, als ich den Unterschied zwischen Hallig und Insel noch nicht kannte und zurück nach Köln wollte. Ich habe mich aufs Fensterbrett gesetzt und dann habe ich mich einfach fallen lassen. Es war aber nur das Küchenfenster im Erdgeschoss. Von weiter oben habe ich mich nicht getraut. Unter dem Fenster graste in dem Augenblick zum Glück gerade Emma. Da bin ich direkt auf ihr gelandet. Emma war so weich, dass mir gar nichts passiert ist und ihr zum Glück auch nicht. So, jetzt habe ich die peinliche Geschichte doch erzählt. Seit damals ist Emma mein Lieblingsschaf und deswegen fand ich es auch so ungerecht, dass der Hubschrauber nicht auch schwangere Schafe aufs Festland bringt, damit da ein Tierarzt Emma bei der Geburt ihres Lämmchens helfen könnte.

21.
Es geht los

Die Fähre näherte sich der Hallig wie eine Meeresschnecke, so langsam war die. Ich konnte das Warten kaum noch aushalten und Lisa ging es genauso. Wir haben uns an den Händen gehalten und waren beide ganz hibbelig, weil wir uns so freuten. Lisa auf ihre Mama und ich auf meine Schwester. Da merkten wir plötzlich, dass der alte Mattes immer wieder zu uns herüberzeigte. Der stand mit den Erwachsenen zusammen und sah so wütend aus, dass ich mich nicht traute, zu ihm rüberzugehen und mich bei ihm zu entschuldigen. Bestimmt erzählte er gerade allen, was gestern passiert war. Er ahmte nämlich die Bewegung von galoppierenden Pferden nach und dann machte er einen Sprung zur Seite und fing wieder an zu schimpfen. Die anderen Erwachsenen schimpften aber nicht, sondern fingen an zu lachen. Da schimpfte der alte Mattes noch viel mehr und die anderen lachten noch lauter. Lisa und ich taten so, als hätten wir das gar nicht mitbekommen. Wir guckten einfach raus aufs Meer, wo der kleine Punkt am Horizont langsam größer wurde.

Als die Fähre dann endlich anlegte, rollten zuerst die Wagen an Land. Die bringen die Post und die Pakete und auch den Nachschub für den Laden von Lisas Vater. Der Lieferwagen hatte heute sogar einen Anhänger. Aber ich konnte nicht sehen, was der geladen hatte, weil da eine Plane drüber war. Da habe ich mich gewundert.

Aber nur kurz, dann habe ich weiter nach Anna Ausschau gehalten, denn nach den Wagen dürfen die Passagiere die Fähre verlassen. Das sind abends immer viel weniger als am Morgen, weil am Nachmittag nur ganz wenige Touristen an Bord sind. Meine Schwester Anna und Lisas Mutter waren gleich die ersten. Ich und Ole sind Anna entgegengerannt und Lisa ist auf ihre Mama zugestürmt.

»Du stinkst nach Pferd«, hat Anna gesagt, nachdem wir uns wieder losgelassen hatten.

»Und du nach Autoabgasen«, habe ich gesagt.

Meine Schwester hat sich bei mir untergehakt und gesagt: »Außerdem riechst du nach Kuhfladen.«

»Und du nach deinem ekligen Deo«, habe ich gesagt.

So ging das noch eine ganze Weile, aber das waren ja nur Worte. In Wirklichkeit waren wir beide einfach unfassbar glücklich, dass wir zwei für das Wochenende wieder zusammen waren. Ole war auch froh und das lag nicht nur daran, dass Anna ihm immer ein neues Comicheft mitbringt. Die kriegt man auf der Hallig nicht. Bei Lisas Vater im Laden gibt es nur ganz wenige Zeitungen und Bücher, die aber alle irgendwie von der Hallig handeln oder hier spielen. Die sind aber nur was für die Touristen. Wenn man hier lebt, will man ja über was Neues lesen und nicht über das, was man schon kennt.

Papa hat sich auf der anderen Seite bei Anna untergehakt und ihre Tasche zu Opas Auto getragen. Da ging das mit dem Begrüßen gleich weiter, weil unsere Großeltern Anna auch umarmen wollten.

»Hört mal auf, sonst bleibt von dem Mädchen ja gar nichts für ihre Mutter übrig. Die freut sich ...« Weiter kam mein Vater nicht, weil in dem Augenblick sein Handy klingelte.

Mama war dran und hat gesagt: »Beeilt euch! Es geht gleich los. Das Lämmchen kommt.«

Da habe ich laut gerufen: »Emma kriegt ihr Baby!«

Klar, dass da alle mitwollten. Also Lisa, Sven, Samir und die Zwerge Tome und Nasrin natürlich auch. Sogar Torben hat gesagt, er schaut mal vorbei. Obwohl er sonst immer so cool tut.

Wir haben uns alle in Opas großes Auto gequetscht und ich musste wieder Ole auf den Schoß nehmen. Das hat dann aber nur gepasst, weil Torben, Sven und Samir sich in den Kofferraum gesetzt haben. Opa ist dann mit offener Klappe gefahren, sodass die Jungs ihre Beine hinten rausbaumeln lassen konnten. Das ist normalerweise streng verboten, aber auf der Hallig kann man das schon mal machen.

Als wir zu Hause ankamen, hat Mama auf der Straße schon auf uns gewartet. Zuerst war sie ein bisschen überrascht, wie viele Kinder bei der Geburt von Emmas Lämmchen dabei sein wollten. Aber dann hat sie nur gerufen: »Schnell, schnell! Sonst kommt ihr zu spät.«

Da sind wir alle auf die Weide gelaufen, da wo unsere Schafe stehen. Emma hielt sich etwas abseits von den anderen. Aber das wusste ich schon, dass Schafe sich bei der Geburt ein wenig von ihrer Herde entfernen, um Ruhe zu haben.

22.
Die Taufe

Das mit der Ruhe bei der Geburt war natürlich schwierig, weil so viele Kinder und Erwachsene auf der Weide standen. Aber Emma hat das scheinbar gar nicht gestört. Wir waren ja auch alle ganz still. Keiner hat einen Ton gesagt, nicht mal die Kleinen.

Wir brauchten dann aber gar nicht mehr lange zu warten. Nicht so lange wie auf die Fähre jedenfalls. Zuerst konnte ich nur das winzige Köpfchen von Emmas Lämmchen sehen. Das war ganz rosa und nass. Der Rest ist dann einfach hinterhergeflutscht. Das ging alles ganz schnell. Ich wollte gleich hin, um nachzusehen, ob es dem Lämmchen gut geht, aber Mama hat mich zurückgehalten.

»Psst!«, hat sie gemacht und uns leise erklärt, dass die nächsten Minuten die wichtigsten sind und wir mucksmäuschenstill sein sollen.

»Dann entscheidet sich nämlich, ob Emma ihr Lamm mag oder nicht«, hat Mama gesagt.

Da haben wir uns nicht mal zu atmen getraut. Emma hat an

ihrem Lämmchen geschnüffelt. Es sah fast so aus, als wüsste sie nicht, was sie jetzt machen sollte. Ich konnte das verstehen, weil das Lämmchen nicht besonders hübsch aussah. So nass und rosa, wie es war. Ehrlich gesagt fand ich es sogar ziemlich hässlich.

Meine große Schwester Anna hat mich in die Seite geboxt und geflüstert: »So ähnlich hast du auch ausgesehen, als du geboren wurdest.«

Das konnte ich natürlich nicht auf mir sitzen lassen. Ich wollte gerade etwas erwidern. Aber genau in dem Augenblick hat Emma angefangen, ihr Lämmchen trocken zu lecken. Wir konnten alle hören, wie Mama erleichtert aufseufzte. Denn das konnte ja nur bedeuten, dass Emma ihr Baby lieb hatte. Da waren wir alle ganz glücklich und ich habe vor lauter Glück vergessen, das Anna mich gerade noch geärgert hatte. Ich habe sogar ein bisschen geheult. Aber nicht nur ich. Auch Mama hat vor Rührung geweint. Und sogar Torben hat sich eine Träne aus den Augenwinkeln gewischt. Das habe ich genau gesehen. Obwohl er so getan hat, als würde ihm nur die Nase laufen.

Als Emma ihr Lämmchen trocken geleckt hatte, war es auch gar nicht mehr hässlich. Im Gegenteil. Sein weißes Fell war ganz flauschig und es sah wunderwunderschön aus.

»Du darfst ihm einen Namen geben, Nele«, hat Mama zu mir gesagt.

»Echt?«, habe ich gefragt und da hat sie genickt.

»Ist es denn ein Junge oder ein Mädchen?«, wollte ich wissen.

»Ein Junge, das sieht man doch«, hat Opa gesagt.

»Woran denn?«, hat Ole gefragt.

»Na, an dem klugen Gesichtsausdruck natürlich«, hat Opa geantwortet.

Da haben alle gelacht und Oma hat »Du oller Dösbaddel du« gemurmelt. Aber nur ganz leise und auch nur, weil Opa wieder Quatsch erzählt hatte.

»Nenn es doch Möwe, weil es so weiß ist«, hat Sven vorgeschlagen.

»Nein, Schneeflocke passt viel besser«, hat Lisa gesagt.

»Ich würde es Yeti nennen«, hat Samir gemeint.

»Quatsch, das sollte Albi heißen, wie Albino. Die sind doch auch immer ganz weiß«, hat Anna gerufen.

»Ich bin für Milchbubi«, hat Ole gesagt.

»Eisbär«, hat Torben gebrummt.

Das waren alles tolle Vorschläge. Vor allem, weil sie alle etwas mit Weiß zu tun hatten. Das passte ja auch, weil Emmas Lämmchen wirklich weiß war. Bis auf sein rechtes Vorderbein. Das war ganz schwarz. Und bei dem Bein wusste ich plötzlich genau, wie das Lämmchen heißen sollte.

»Ich nenne es Mattes«, habe ich gerufen.

Da haben alle überrascht geguckt. Dabei ist es ganz einfach. Der Name ist mir eingefallen, weil das eine Bein vom alten Mattes ja auch anders ist als das andere. Und weil ich immer noch ein schlechtes Gewissen hatte wegen gestern. Das wollte ich wiedergutmachen. Ich habe ganz doll gehofft, dass Mattes das versteht und nicht beleidigt ist, weil ich ein Schaf nach ihm benannt habe.

»Es ist übrigens noch Kuchen da. Wer will welchen haben?«, hat Oma gefragt.

Alle haben ganz laut »Ich!« gerufen und Mama hat gesagt: »Wir sollten Emma jetzt auch mal allein lassen, damit sie und Mattes sich aneinander gewöhnen können.«

Da haben wir uns von der Weide geschlichen und sind in den Garten von Omas Pension gegangen. Die Sonne hat immer noch geschienen und Omas Kuchen hat superlecker geschmeckt.

23.
Oh Schreck, die Fahne!

Als alle nach Hause gegangen sind, habe ich mich ans Küchenfenster gesetzt. Von da aus konnte ich Emma und Mattes am besten beobachten. Den ganzen Nachmittag habe ich da gehockt und zugeguckt, wie Mattes bei Emma getrunken und seine ersten Sprünge gemacht hat. Ein paarmal ist er zu den anderen Lämmern gelaufen und mit denen herumgetobt. Aber nie lange. Dann ist er wieder zu seiner Mama gelaufen, weil er sich in ihrer Nähe am wohlsten fühlte. Und das ist bei uns Menschen ja auch nicht anders, wenn wir noch ganz klein sind.

Manchmal hat sich Anna zu mir ans Fenster gesetzt und manchmal Ole oder Mama. Die fanden Mattes auch total niedlich. Ich hätte ihm ewig zuschauen können, aber irgendwann wurde es dunkel und Mama hat mich ins Bett geschickt.

»Morgen wird ein langer Tag, morgen ist doch das Frühlingsfest«, hat sie gesagt und da ist mir plötzlich eingefallen, dass Lisa und ich die Fahne noch gar nicht gemalt hatten. Wir hatten noch nicht mal angefangen. Vor lauter Aufregung wegen Mattes hatte ich das komplett vergessen. Und Lisa auch.

»Aber wir müssen doch noch die Fahne malen«, habe ich gerufen.

»Ja, aber nicht jetzt«, hat Papa gesagt. »Jetzt wird geschlafen, das könnt ihr morgen machen. Das Fest beginnt ja erst am Nachmittag.«

Da haben alle meine Proteste nichts genutzt. Meine Eltern haben mich einfach ins Bett geschickt, mich und Ole auch. Nur Anna durfte noch ein bisschen aufbleiben, weil sie schon älter ist und weil Mama und Papa sie die ganze Woche über nicht gesehen hatten.

In meinem Zimmer habe ich mir die Taschenlampe geschnappt, weil ich ganz dringend mit Lisa reden musste. Aber Lisa war sogar noch schneller als ich. »Wir haben die Fahne vergessen«, hat sie geblinkt.

»Das wollte ich dir auch gerade sagen«, habe ich zurückgeleuchtet. »Die müssen wir morgen Vormittag malen.«

»Morgen geht nicht. Da will Mama was mit uns machen, weil sie doch die ganze Woche nicht da war«, hat Lisa geantwortet. »Die Fahne musst du alleine malen.«

Ich spürte, wie traurig Lisa darüber war. Obwohl sie mir das ja nur mit der Taschenlampe geschrieben hat und ich Lisa selbst gar nicht sehen konnte.

Sven und Samir unterhielten sich auch noch. Die Lichtstrahlen ihrer Lampen blinkten zwischen ihren Häusern hin und her.

Wahrscheinlich redeten sie über das Holz für das Feuer. Die brauchten das ja auch bis morgen Abend.

Ich habe mich dann von Lisa verabschiedet und mich hingelegt. Ich wollte schnell schlafen, damit ich morgen ganz früh aufwache und genügend Zeit für die Fahne hatte. Aber das hat nicht geklappt, weil ich noch viel zu aufgeregt war. Wegen dem kleinen Mattes und dem Fest und der Fahne und weil noch so wahnsinnig viel zu tun war.

Irgendwann bin ich doch noch eingeschlafen. Das mit dem frühen Aufstehen hat auch nicht geklappt. Es war schon fast Mittag, als ich aufgewacht bin. Zuerst habe ich aus dem Fenster geschaut, ob es Emma und Mattes gut geht, und dann bin ich runter in die Küche gerannt.

»Warum habt ihr mich denn nicht geweckt?«, habe ich gerufen.

Mama, Papa, Ole und Anna saßen am Frühstückstisch und schauten mich überrascht an.

»Ist doch Wochenende«, hat Mama geantwortet und Papa hat gesagt: »Außerdem wird das heute ein langer Tag, deswegen dachten wir, da lassen wir dich schlafen.«

»Aber ich muss doch noch die Fahne malen«, habe ich gerufen. »Und Lisa kann nicht, das muss ich ganz alleine machen.«

»Keine Sorge, ich helfe dir«, hat Anna gesagt und Ole hat gebrüllt: »Und ich auch!«

Das haben die beiden dann auch getan. Zu dritt haben wir das Bettlaken von beiden Seiten bemalt. Das war richtig schön, weil wir drei Geschwister das gemeinsam gemacht haben. Trotzdem tat es mir natürlich leid, dass Lisa nicht dabei war. Sonst wäre es bestimmt noch schöner gewesen.

Wir haben die ganze Hallig auf die Fahne gemalt: die Warften, die Häuser, das Meer, den Himmel, die Wolken, die Kutschen, die Fähre, die Sonne, die Kühe, einen Schweinswal, Brandseeschwalben wie Punky, Däumling und Krabbe, Lütte, Emma und Mattes und die anderen Schafe, und die Leute von der Hallig natürlich auch. Es war eine tolle Fahne, die wir da für das Frühlingsfest gemalt hatten. Es fehlte nur noch ein Schriftzug. Aber den wollte ich lieber alleine malen, weil ich plötzlich eine Idee hatte. Eine richtig lustige Idee war das. Na ja, ein bisschen frech war sie auch. Aber wirklich nur ein bisschen.

24.
Das Frühlingsfest

»In einer halben Stunde brechen wir auf. Das Fest geht bald los«, hat Mama gerufen, und da ist Anna schnell los, um sich noch hübsch zu machen. Dabei gibt es auf der Hallig gar keinen Jungen in ihrem Alter. Nicht so wie bei mir. Aber ich fand das albern, mich extra für Sven oder Samir schick anzuziehen. Die wissen doch, dass ich sonst auch immer nur in meinen alten Jeans rumlaufe. Da hätten die sich bestimmt gewundert, wenn ich plötzlich in so feinen Klamotten aufgetaucht wäre. Und ich wollte ja auch mit den anderen übers Feuer springen, dazu wären die schicken Sachen ja viel zu schade gewesen.

Außerdem hatte ich sowieso noch zu tun, ich musste ja den Schriftzug auf die Vorder- und Rückseite der Fahne schreiben. Als ich fertig war, habe ich schnell den Föhn geholt und die Farbe damit getrocknet. Dann war es auch schon höchste Zeit, dass wir uns auf den Weg zum Festplatz machten. Ich konnte mich gerade noch von Emma und Mattes verabschieden, dann sind wir auch schon los.

Weil das Wetter so schön war, sind wir aber nicht mit dem Wagen gefahren, sondern einfach zu Fuß gegangen und haben auf halbem Weg Lisa und ihre Familie abgeholt. Die hatten den Laden zugemacht. Es wäre sowieso niemand gekommen, um was zu kaufen. Es waren ja alle beim Fest oder auf dem Weg dorthin.

»Ist die Fahne fertig? Wie schaut sie denn aus? Zeig doch mal!«, hat Lisa gedrängt, aber ich habe nur gesagt: »Lass dich überraschen, die siehst du noch früh genug.«

Wir sind dann alle zusammen gegangen: Mama, Papa, Anna, Ole, Oma, Opa, Lisa, Tome und deren Eltern. Sogar Lütte durfte mit, obwohl ja auch Touristen da sein würden. Aber an so einem besonderen Tag konnte man sie ja schlecht allein im Garten lassen.

»Wartet mal ab, die Fremden denken bestimmt, Lütte ist ein Pony, und wollen auf ihr reiten«, hat Opa gesagt und da haben wir alle gelacht.

Opa hat den ganzen Weg über Witze gemacht. Deswegen hatten wir alle Bauchschmerzen vor lauter Lachen und waren richtig gut gelaunt, als wir am Festplatz neben der Vogelschutzstation ankamen.

Dort war es genau wie Freitagnachmittag am Anleger, weil alle Halligbewohner da waren. In der einen Ecke des Platzes standen die Leute von der Hallig und in der anderen die Touristen, die auch bei dem Fest dabei sein wollten. Das Ehepaar mit den roten Jacken war auch da, aber die Frau hatte überhaupt kein verkniffenes Gesicht mehr. Die sah jetzt freundlich aus. Ich glaube, das lag daran, dass sie jetzt ja schon ein paar Tage hier auf unserer Hallig verbracht hatte. Da ist man einfach entspannter als auf dem Festland.

Sven und Samir standen nicht bei den anderen. Die standen stolz vor dem riesigen Holzstapel, den sie gesammelt hatten.

»Wo habt ihr denn die vielen Bretter her?«, wollte ich wissen und Lisa hat gefragt: »Habt ihr das alles am Strand gefunden?«

»Großes Geheimnis«, hat Sven gesagt und Samir hat gesagt: »Ganz großes Hallig-Geheimnis.«

»Die haben das alles vom Festland kommen lassen«, hat Nasrin gerufen, die stand nämlich neben den beiden.

»Na ja, mein Vater kennt jemand in einer Schreinerei, der hat uns das Holz gespendet, das die sonst wegschmeißen würden«, hat Samir gestanden.

»Und der hat das gestern mit dem Lieferwagen gebracht, der mit der geschlossenen Plane«, hat Sven gesagt. »Aber ist doch egal, wo wir das Holz herhaben. Hauptsache ist doch, dass wir ein großes Frühlingsfeuer kriegen.«

Und das fanden Lisa und ich auch.

Wir sind dann alle zusammen zu den Bänken und Tischen gegangen, die Samirs Vater mit den anderen Männern vom Küstenschutz aufgebaut hatten. Da standen alle um den alten Mattes rum und lachten. Irgendwie hatte sich wohl schon rumgesprochen, dass Emmas Lämmchen genauso heißt wie er.

»Jetzt ist der alte Mattes ein Schaf«, hat Lisas Vater gerufen, und das fand ich gemein, weil ich das doch nett gemeint hatte. Und jetzt wurde er dafür ausgelacht und da tat er mir leid, der alte Mattes. Aber der hat nur zu mir rübergeguckt und genickt. Nur ein ganz klein bisschen, und da wusste ich, dass er das mit den Namen schon richtig verstanden hatte. Da konnten die anderen noch so viele Witze machen.

»Fahne?«, hat Svens Vater gefragt.

»Klar«, habe ich geantwortet und ihm das Bettlaken gegeben.

»Dann mal hoch damit.« Er hat das Laken an einem Seil befestigt und an einem ganz hohen Fahnenmast in die Höhe gezogen.

25. Übers Feuer

Als die Fahne oben am Mast im Wind flatterte, haben sich zuerst alle nur die Bilder angesehen, die Anna, Ole und ich gemalt hatten.

»Da ist ja Lütte«, hat Lisa gerufen.

»Und unsere Gäule«, hat Torben gerufen.

»Und die Babydolls«, hat Mama gerufen.

»Und der alte Mattes ist gleich zweimal drauf«, hat Opa gerufen und gelacht.

»Und dich ollen Schwafelhannes haben sie auch gemalt«, hat Oma gerufen.

»Und da im Meer ist ein Schweinswal und da oben fliegt eine Brandseeschwalbe«, hat Anette gerufen und dann hat sie zu mir gesagt: »Noch eine Woche, dann kann Punky übrigens auch wieder fliegen.«

Als Anette das mit der Schwalbe gesagt hat, haben alle in den Himmel geguckt. Also nicht in den richtigen, sondern den auf dem Bild. Und dabei haben sie dann auch den Schriftzug entdeckt. Zuerst haben alle gestutzt, aber dann haben sie angefangen zu lachen. Ich hatte nämlich geschrieben: »Wir auf der Insel und um uns das Meer.«

»Nele, wie oft soll ich dir das denn noch erklären?«, hat Lisa geschimpft. Aber sie war die Einzige, die nicht sofort kapiert hat, dass das mit der Insel nur ein Witz von mir war. Auf der Rückseite der Fahne hatte ich nämlich denselben Satz noch mal mit Hallig geschrieben, so wie es richtig ist.

Das Hissen der Fahne war das Zeichen, dass das Fest endlich losgehen konnte. Zuerst haben wir alle gegessen und getrunken und dann hat Opa auf dem Akkordeon gespielt und Oma hat dazu gesungen. Das waren wunderschöne Lieder, auch wenn ich den Text nicht verstanden habe. Oma hat nämlich in dem Dialekt gesungen, den die alten Leute und manche von den Jungen hier noch sprechen. Aber ich glaube, es ging in den Liedern vor allem ums Meer und um Männer, die zur See fahren, und Frauen, die darauf warten, dass ihre Männer gesund wiederkommen. Und das zeigt ja, wie alt die Lieder schon waren. Früher fuhren nur die Männer aufs Meer hinaus und die Frauen mussten zu Hause bleiben. Aber heute gibt es ja schon lange nicht nur Seemänner, sondern auch Seefrauen, die auf großen Schiffen arbeiten.

Als es dann dunkel wurde, hat Svens Vater endlich das Feuer angezündet. Das war riesengroß, und bevor wir darüberhüpfen konnten, mussten wir noch warten, bis es ein bisschen runtergebrannt war.

Dann ging es endlich los.

Wir haben Anlauf genommen und sind über die Flammen gesprungen. Nicht nur wir Kinder, auch die Erwachsenen und sogar das Ehepaar mit den roten Jacken, alle sind gesprungen. Die Einzigen, die nicht springen durften, waren die Zwerge Nasrin und Tome und natürlich Lütte. Die hat sich bestimmt gefragt, was für einen Quatsch die Menschen da machen. Aber das ist hier halt so Tradition. Meine Mutter ist als Kind übers Feuer gesprungen und Oma und Opa auch schon, als die noch klein waren.

»Damals hatten wir sogar einen Drachen hier auf der Hallig. Dem haben wir zum Frühlingsfest Niespulver gegeben, damit der mit einem kräftigen Hatschi unser Feuer anzündet«, hat Opa erzählt.

Da hat Oma ihm wieder in die Seite geboxt, aber alle anderen haben gelacht. Auch die Touristen. Die standen nämlich schon lange nicht mehr in ihrer Ecke, sondern bei uns Hallig-Leuten.

Von der Hitze des Feuers hat mein Gesicht richtig geglüht, da habe ich mich mit einem Stück Kuchen neben Lisa auf eine der Bänke gesetzt und mich pudelwohl gefühlt: weil alle da waren, die ich mag, und weil Frühling war und das bedeutete, dass jetzt bald auch schon der Sommer kam.

Das würde das schönste Jahr meines Lebens werden, da war ich mir ganz sicher, denn dann konnte ich Mattes beim Größerwerden zuschauen. Also Emmas Lämmchen und nicht dem

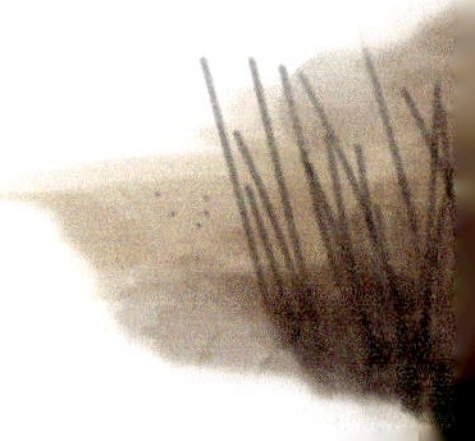

alten Mattes vom Anleger. Da musste ich grinsen. Auch weil es noch kein Jahr her war, dass ich sogar aus dem Küchenfenster gesprungen bin, um von der Hallig wieder wegzukommen. Und jetzt konnte ich mir überhaupt nicht mehr vorstellen, irgendwann mal woanders zu leben. Ich nahm mir sogar vor, mich genauso dumm zu stellen wie Torben, um später nicht aufs Internat zu müssen.

»Was grinst du denn wie so ein junger Seehund?«, hat Lisa gefragt.

Ich habe nicht geantwortet, weil ich den Mund voller Kuchen hatte. Ich habe nur weitergegrinst und da hat Lisa zurückgegrinst. Ich bin sicher, sie wusste genau, was ich gedacht habe. Und das ist bei guten Freundinnen ja oft so, dass man nicht immer reden muss, sondern manchmal einfach nur zusammen glücklich dumm vor sich hin grinsen kann.

Zum Schluss möchte ich mich bei den Kindern der Halligschule Hooge und ihrer Lehrerin bedanken. Bei meinem Besuch haben sie mir ein bisschen über ihr Leben mitten im Meer erzählt. Dort habe ich übrigens auch gelernt, dass es auf der Hallig eine Flüchtlingsfamilie mit Kindern gibt. Das habe ich mir nicht ausgedacht, das ist so und das wusste ich vorher auch nicht.

Ich hoffe, ihr Hallig-Kinder verzeiht mir, dass in dem Buch nun manches so ganz anders ist, als ihr es mir erzählt habt. Sicher werdet ihr beim Lesen sogar einige Male über mich lachen, weil einiges so ja gar nicht stimmen kann. Aber solltet ihr ein paarmal denken, genauso ist es hier bei uns auf der Hallig, dann würde mich das sehr freuen.

Rüdiger Bertram

Leuchtturm
Café
Neles
Haus